AF462506

1891 - Décembre - 14

Etude de Mᵉ SANONER, commissaire-priseur, 27, rue de Châteaudun

VENTE

des

LUNDI 14, MARDI 15, MERCREDI 16 ET JEUDI 17 DÉCEMBRE 1891

Hôtel Drouot. salle n° 8

COLLECTIONS

GASTON COURTOIS

EXPOSITION

Le Dimanche 13 Décembre 1891

PRIVÉE : de une heure à trois heures

PUBLIQUE : de trois heures à cinq heures et demie

ORDRE DES VACATIONS :

Le lundi 14: — Les costumes militaires, coiffures et accessoires. — Nᵒˢ 301 à 510.

Le mardi 15. — Les armes (150 à 260), les faïences et porcelaines (1 à 80), les gravures (81 à 150) et objets de vitrine (1351 à 1475), sauf les nᵒˢ 1459 et 1460.

Le mercredi 16. — Les livrées, costumes civils historiques, costumes étrangers, étoffes.

Le jeudi 17. — La suite et fin des livrées, costumes civils historiques, costumes étrangers, étoffes et les nᵒˢ 1459 et 1460.

IMPRIMERIE CHAIX, RUE BERGÈRE, 20, PARIS. — 26724-11-91.

CATALOGUE

DES

COSTUMES ANCIENS ET RECONSTITUÉS MILITAIRES ET CIVILS

des XIVe, XVe, XVIe, XVIIe et XVIIIe siècles

A L'USAGE DES ARTISTES PEINTRES ET SCULPTEURS

COLLECTION UNIQUE

Environ 400 costumes brodés des XVIIe et XVIIIe siècles

Robes de chambre et robes de femmes Louis XIV, Louis XV et Louis XVI. — Pages florentins. — Belle série de lansquenets.

UNIFORMES MILITAIRES FRANÇAIS DE LOUIS XIII A 1830

Ayant figuré en partie à l'Exposition du Ministère de la Guerre en 1889.

Infanterie et cavalerie. — Habits de troupe, d'officiers, Maison du Roi, shakos, feutres, schapskas, casques, cuirasses, équipements, sabretaches, plumets, Bottes, épaulettes, hongroises, plaques, cuivrerie, etc. Tambours des XVIIIe siècle et Révolution, bonnet phrygien, bonnets de police Révolution, casques et cuirasses de soldat et d'officier de carabiniers, Premier Empire et Napoléon III. Selle et bride d officier général Louis XV.

Ceinturon que portait Napoléon Ier à la bataille de Waterloo

Armures, armes de guerre, épées de cour, canon Henri III avec affût en fer.

Gravures. — Livres à costumes. — Dessins. — Croquis. — Esquisses. — Tableaux.

Riches costumes orientaux, chinois, bretons, espagnols, albanais, etc. Robes de prêtres, de moines, d'évêques, d'archevêques, de cardinaux, porteur et soldats du Pape. — Robes de toutes les facultés, du barreau et de la magistrature. Livrées historiques des XVIIe, XVIIIe et XIXe siècles.

ANCIENNES FAIENCES

de Rouen, Sinceny, Moustiers, Holitsch, Italiennes, Anglaises, Nevers, etc. Assiettes, théière, tasses et soucoupes en faïence de Marseille, à personnages, dessin rehaussé d'or Fontaines en Moustiers (jaune) et en Delft (bleu) Maison.

PIÈCES REMARQUABLES EN VIEUX SAXE

La Cueillette des pommes. — Les Saisons. — Coq. Vache couchée. — Surtout de table et sa corbeille ajourée. — Poule et Poussins. — Assiettes, etc.

PORCELAINE PATE TENDRE DE CHANTILLY ET DE TOURNAI

Belle Chaise à porteurs Louis XIV

Bijoux, boutons, ivoires, émaux, décorations, boucles, objets de vitrine et de curiosité.

Lustre cristal et bronze, 20 bougies. — Grandes vasques à pied en marbre gris teinté de rouge.

Rares fûts de colonnes en marbre blanc veiné

ENVIRON 300 KILOGR. D'ÉTOFFES ANCIENNES ET MODERNES

Soieries, chapes, dalmatiques, chasubles, morceaux, coupons, velours de Gênes, etc.

Le tout dépendant des Collections COURTOIS GASTON, dont la vente, pour cause de départ, aura lieu

HOTEL DROUOT, SALLE No 8

LES LUNDI 14, MARDI 15, MERCREDI 16 ET JEUDI 17 DÉCEMBRE 1891, A UNE HEURE ET DEMIE

EXPOSITION LE DIMANCHE 13 DÉCEMBRE

PRIVÉE : de 1 heure à 3 heures — PUBLIQUE : de 3 heures à 5 heures 1/2

Me SANONER, commissaire-priseur, 27, rue de Châteaudun, assisté de M. G. COURTOIS, expert 7, rue Béranger.

Chez lesquels se trouvent le catalogue et les cartes d'entrée à l'exposition privée.

PARIS 1891

CONDITIONS DE LA VENTE

Elle sera faite au comptant.

Les acquéreurs paieront, en sus des adjudications, cinq pour cent applicables aux frais.

Bien que les objets mis en vente présentent un caractère d'authenticité rendu indéniable par les examens rigoureux d'admission de beaucoup d'entre eux aux expositions nationales sous le couvert de l'État, les dates indiquées à la suite des articles du présent catalogue ne sont données d'une manière générale qu'à titre de simple renseignement sur la forme et le style, et non comme garantie d'origine ou d'époque de fabrication, plusieurs des objets exposés en vente, tels que les costumes Moyen Age, n'étant que des reconstitutions fidèles.

Au surplus, l'exposition mettant le public à même de se rendre compte de l'état des objets, il ne sera admis aucune réclamation une fois l'adjudication prononcée.

DÉSIGNATION

FAÏENCES — PORCELAINES — ÉMAUX

1. Deux Bouteilles faïence, avec légende révolutionnaire.
2. Calvaire : Personnages du XVe siècle.
3. Plat rond Delft, camaïeu bleu.
4. Pichet trompeur en faïence, camaïeu bleu.
5. Bonbonnière carrée vieux Saxe.
   Restaurée.
6. Assiette faïence à fleurs, genre Montpellier.
7. Assiette faïence Rouen, au décor dit « à la corne ».
   Signée.
8. Groupe. *Chasse au sanglier*. Porcelaine de Vienne.
9. Groupe vieux Saxe. *La Cueillette des pommes*.
   Restauré.
10. Groupe. *Femme à l'urne*. Faïence anglaise en blanc.
11. Plat rond en faïence de Delft, camaïeu bleu.
12. Bonbonnière carrée osier, pâte tendre Chantilly.
    Restaurée.
13. Tête-à-tête en faïence de Marseille composé de : Assiette, Théière, deux Tasses et deux Soucoupes, le tout à fleurs, paysages, personnages, contour rehaussé d'or.
14. Une Assiette, même décor.

15. Bonbonnière carrée longue, décor bois en pâte tendre de Tournai.

Collection Fétis.

16. Coffret émail sur cuivre, sujets WATTEAU.

17. Assiette SINCENY, décor dit « à la corne ».

18. Assiette porte-fruits, faïence italienne, genre URBINO.

19. Plat ovale et deux Assiettes, Moustiers, bord festonné à camaïeu bleu, armoiries polychromes.

20. Coffret carré long, faïence de Marseille.

Petites fentes.

21. Lièvre en vieux Saxe.

Restauré.

22. Perruche huppée en vieux Saxe.

23. Chamois en Saxe.

24. Assiette Marseille à bouquets traînants.

25. Pichet Empire, beau médaillon.

26. Assiette au coq, genre Rioz.

27. Béquille *Capo di Monte*. Tête d'homme.

28. Bras de femme. Étui, porcelaine de Saxe.

29. Oiseau. Bonbonnière émail sur cuivre.

30. Paire de bustes. Saisons en vieux Saxe : Hiver et Été.

31. Flacon rocaille Louis XV, porcelaine de Saxe.

32. Théière. Singe en porcelaine de Saxe.

Petite restauration.

33. Pomme de canne, montée. Fruits en porcelaine de Saxe.

34. Assiette Marseille, contour dentelé, Marly à fleurs rehaussées d'or. Au centre, paysage et personnages finement peints.

35. Christ en faïence de Rouen.

36. Pomme de canne en porcelaine de Saxe. Fleurs.

37. Chardonneret, porcelaine de Saxe.

38. Compotier Rouen, décor polychrome.

39. Porte-Bouquets à bouquets traînants, faïence Marseille.

40. Tasse à café et Soucoupe faïence Rouen, décor dit « à la corne ».

41. Sucrier faïence Rouen, décor polychrome

42. Oiseau, porcelaine de Saxe.

43. Buste Saison. L'Hiver, en vieux Saxe.

44. Paire de Bustes en porcelaine de Derby. L'Été et l'Automne.

Un restauré.

45. Serin, en porcelaine de Saxe.

46. Assiette patriotique, genre Rioz.

47. Assiette en faïence de Marseille, contour dentelé Marly à fleurs rehaussées d'or. Au centre, paysage et personnages.

48. Plat long faïence de Moustiers, décor polychrome.

49. Assiette en faïence de Marseille, à fleurs et personnages.

50. Théière. *Poule et poussins*. Porcelaine de Saxe.

Restaurée.

51. Compotier faïence Rouen, décor polychrome.

52. Plat rond $0^{m},40$, Marly à résille polychrome. Au centre une corbeille.

53. Porte-Bouquets, faïence Rouen, décor polychrome.

54 Théière. Coq en porcelaine de Saxe.

55. Paire petits Vases en faïence italienne.

56. Surtout de table. Deux Amours, corbeille à jour, porcelaine de Saxe.

57. Pichet faïence Rouen, décor dit « à la corne ».

58. Vache couchée, en porcelaine de Saxe.

Restaurée.

59. Trois Poissons en faïence de Delft. Raviers.

Un de restauré.

60. Paire d'Oiseaux sur branche, faïence italienne.

61. Assiette faïence de Rouen, décor polychrome.

62. Cachepot faïence de Rouen, décor polychrome.

63. Surtout en faïence de Moustiers.

64. Petit Vase pot pourri. Trois Amours en porcelaine de Saxe.

Défectueux.

65. Fontaine-Maison en faïence de Delft bleue.

Restaurée.

66. Fontaine en faïence de Moustiers jaune.

67. Quatre Assiettes en porcelaine de Saxe.

Collection double.

68. Deux assiettes, genre Holitsch, chantournées, dessin chatironné à fleurs.

69. Bannette faïence Rouen, décor dit « à la double corne ».

Légère restauration.

70. Assiette faïence Rouen, à la corne.

71. Bénitier en faïence, Christ en relief.

72. Assiette faïence Rouen, à la corne.

Signée.

73. Sabot, faïence nivernaise, décor polychrome.

74. Plat rond, Delft, $0^{m},34$ au panier Chinon à fleurs polychromes, Marly à résille rouge pointée bleu.

75. Assiette faïence Rouen, décor à la corne.

76. Émail sur cuivre. *Sainte Thérèse.* Cadre bois doré.
Collection de l'abbé Grivet.

77. Curieux Portrait de femme XVIIe siècle. Peinture sur marbre blanc. Cadre bois doré.

78. Quatre Assiettes porcelaine.

79. Quatre autres.

80. Deux Assiettes porcelaine grisaille, bleu en réserve et une paire de Sabots en porcelaine.

GRAVURES — LIVRES — ESTAMPES — TABLEAUX CROQUIS DIVERS

81. Gravure. *Vue de la ville et du siège d'Oudenarde où le roi commande en personne* (Louis XIV).

82. Planche coloriée. *Portrait de Louis XV en pied.*

83. Environ 162 Planches-Costumes, par JACQUEMIN.

84. Fort lot de Gravures, Costumes et autres.
Sera divisé.

85. *Le Lutrin.* Huit planches.

86. *Les Cerises.*
Encadrée.

87. *Table de jeu.* Gravure en couleur avant la lettre, 1815.
Encadrée.

88. *Les Incroyables*, par C. VERNET.
Encadrée.

89. *Le Jour de barbe d'un Charbonnier*, VERNET et DEBUCOURT.
Encadrée.

90. *Rempailleur de chaises*, des mêmes.
Encadrée.

91. Deux Gravures noires de Chaffard, 1767.

92. Gravure noire du XVIIe siècle : *Le Marché aux herbes d'Amsterdam*, avant la lettre.

Encadrée.

93. *L'Essai du corset.*

94. *Marchand de vin des environs de Rome*, VERNET-DEBUCOURT.

Encadrée.

95. *Les Chevaux de bateau*, VERNET-DEBUCOURT.

Encadrée.

96. *Passez-Payez*, VERNET-DEBUCOURT.

Encadrée.

97. *La Marchande de saucisses*, VERNET-DEBUCOURT.

Encadrée.

98. *Merveilleuse*, chapeau en biais, robe à deux étages, HORACE VERNET.

99. *Le Marchand de peaux de lapin*, VERNET-DEBUCOURT.

100. *Soldat Empire*, genre Charlet.

101. *Dans les blés*, peinture, par BÉNÉDICT MASSON.

102. *La Promenade en wiski et Délices de la promenade solitaire*, gravures en couleur, de BIDERMANN.

Sous verre.

103. *Almanach des Maîtres Tailleurs*, 1769.

Sous verre.

104. Dessin au crayon : *Vaches à l'abreuvoir*.

Encadré.

105. *Portrait de M. le duc de Luynes, colonel des dragons sous Louis XV*, en couleur.

Encadré.

106. Trois Dessins en couleur attribués à Worms.

Encadrés.

107. Deux Gravures noires, XVIe siècle : THÉODORE DE BRY, *Fête villageoise* et *Marche de lansquenets*.

Encadrées.

108. *Portrait de Joseph Barra*, en couleur.
Encadré.

109. Deux esquisses en couleur, par AL. CABANEL.
Encadrées.

110. Dessin au crayon : *Une Source*, par GUSTAVE BRISSET.
Encadré.

111. Gravure de mode : *Femme XVIIIe siècle*, par DESRAIS.
Encadrée.

112. Dessin-esquisse colorié : *Femme XVIe siècle*, par HUGUES MERLE.
Encadré.

113. *Napoléon Ier à cheval et grenadier de la garde*, en couleur.
Encadré.

114. Esquisse coloriée, sujets Watteau, par CORTAZZO.
Encadrée.

115. *Congé d'un dragon au régiment du comte d'Artois*, 1787.

116. *Portrait de Gabrielle d'Estrées*. Gravure noire.
Encadré.

117. *Porte-enseigne Henri III*. Aquarelle attribuée à CORTAZZO.
Encadrée.

118. Costumes modernes : *Français et Anglais*, en couleurs. *Empire*, par C. VERNET et LEROCHEZ.
Encadré.

119. Gravure hollandaise XVe siècle : *Kermesse*.
Encadrée.

120. Gravure noire XVIe siècle : *Galants et Galantes sous un bosquet*. « *Cum Venere et Baccho malè sanus luxuriatur, fundit inutiliter parta labore greci.* »
Encadrée.

121. *Costumes allemands*, homme et femme. Gravure noire XVe siècle.
Encadrée.

122. Dessins en couleurs des costumes militaires allemands sous la Révolution.
Encadrés.

123. Dessins-esquisses en couleurs, Renaissance.

Encadrés.

124. Dessin à l'encre, attribué à et initiales de DAUMIER.

Encadré.

125. *Marche du roi Louis XIV, accompagné de ses gardes, passant sur le Pont-Neuf et allant au Palais.*

Encadré.

126. *Costumes allemands.* Gravure noire, neuf personnages.

127. Suite de six Gravures en couleurs et applications étoffes. Louis XIV.

Sous verre.

128. Deux Gravures : *Soldats Henri IV.*

Sous verre.

129. Une autre.

130. Deux Gravures en couleurs, DESRAIS, 1778 : *Dame en négligé galant* et *Habillement d'hiver galant.*

Sous verre.

131. Gravure mode : *Femme fin Louis XVI.*

132. Suite de six Gravures : *Hommes et femmes Henri IV.*

Proviennent de la vente Louis Leloir, sous verre.

133. Gravure noire : *Personnages Louis XIII.*

Sous verre.

134. Trois autres : *Personnages Henri IV.*

Sous verre.

135. Une autre : *Femme Louis XIII cousant.*

Sous verre.

136. Une autre : *Femme et homme XVI*e *siècle.*

Sous verre.

137. Trois Gravures : *Douze personnages Henri III.*

Sous verre.

138. Gravures noires 1580, treize personnages : *Les Porteurs d'espées à deux mains, les Hallebardiers, le Prouost, Zergent maior, le Collonell avec ses arquebossiers.*

Sous verre. Provient de la collection Louis Leloir.

139. Gravure et Dessin en couleur : *Coiffures de femmes Louis XV, Louis XVI et Empire.*

140. Dix Dessins, Calques et Croquis, par AL. CABANEL.

141. Trente et un Dessins, Croquis, par CHARBONNEAU, CHAMAY, G. BOUTET, MARIOTON, BERTHIER, DUMARESQ, G. DORÉ, attribués à WORMS, PERRIN et autres.

Seront divisés.

142. Sous ce numéro sera vendu :

Environ 66 Planches militaires, par RAFFET, BELLANGÉ et CHARLET.

Environ 64 Planches. Types divers des mêmes, MONNIER et GAVARNI.

Environ 69 Types militaires, par PHILIPPOTEAUX et autres.

Environ 30 Planches costumes et accessoires. *Romains et Antiques.*

Environ 83 Planches *Comédie Italienne* en couleur.

Cinq Dessins militaires, par GROLLERON.

Sept Livraisons *En campagne* et *l'Armée française.*

Huit vues de Paris, de COURVOISIER.

Environ 123 Planches *l'Histoire du Costume*, de BRAUNN et SCHNEIDER.

Six Planches en couleur, *Militaires* de MARTINET et autres.

Une Planche : *Les Cosaques en bonne fortune.*

Une autre : *Les Maraudeurs.*

Deux Planches XVIe siècle. Huit personnages.

Une Gravure CALLOT : *Les Bohémiens* (Scène de l'accouchement).

Six Planches. Costumes des XIVe et XVe siècles et coiffures.

Sept Gravures, MOREAU, GRAVELOT et autres.

Fort lot de Gravures, Portraits, Costumes des XVe, XVIe, XVIIe et XVIIIe siècles.

Huit Planches costumes, PAUQUET.

Environ 24 Planches costumes, d'après DAVID et DUFLOS.

Un fort lot Gravures variées.

Un Volume *Théâtre Louis XIV*.

Sera divisé.

143. Un Volume relié : *La Garde impériale*, par CHARLET.

144. *Carte générale de la Monarchie française*, contenant l'histoire militaire depuis Clovis. Paris, 1735. Reliure veau aux armes de France. Nombreuses gravures.

145. *Uniformes de l'Infanterie et de la Cavalerie française*, *1779*. Deux Planches soldats en couleur (rares).

Encadrées.

146. Deux Volumes : *Ancienne Infanterie française*, gravures noires, et *Galerie militaire*, gravures en couleurs, PHILIPPOTEAUX et autres.

147. Un volume : Collection de gravures (environ 155), de GRAVELOT, MARILLIER et MOREAU LE JEUNE.

148. Deux volumes : *Masques et Bouffons* de la *Comédie italienne*.

Provient de la vente de Cora Pearl.

149. *Entrée de Louis XIV à Paris*, 1 volume relié veau, couverture armoriée. Paris, M.DC.LXII. Belles gravures.

150. Deux Aquarelles de NAVLET.

ARMES ANCIENNES ET MODERNES

151. Épée à deux mains.

152. Une autre.

153. Croisette. Poignée à sujet mythologique.

154. Dix Croisettes fer et cuivre.

Seront divisées.

155. Quatre Épées style Renaissance.

Seront divisées.

156. Cinq Épées fer, à coquille, dont une ajourée, style Henri III et Louis XIII.

Seront divisées.

157. Sept Épées et Rapières fer à branches, style Louis XIII.

Seront divisées.

158. Huit Épées Louis XIV.

Seront divisées.

159. Onze Épées fer, style Louis XV et Louis XVI.

Seront divisées.

160. Épée fer Louis XV, pommeau et coquille ajourés.

161. Une autre.

162. Une autre, niellée or.

163. Une autre, fer.

164. Une autre.

165. Une autre.

166. Une autre.

167. Une autre en acier.

168. Onze Épées d'officiers (Louis XVI à 1830).

Seront divisées.

169. Une autre.

170. Une autre.

171. Une autre.

172. Une autre.

173. Une autre.

174. Une autre.

175. Une autre.

176. Une autre.

177. Cinq Épées de sénateurs et pairs de France.

Seront divisées.

178. Neuf Épées diverses (Napoléon III).

Seront divisées.

179. Sabre, fourreau fer, garde cuivre à trois branches (1830).

180. Une autre (1825).

181. Un autre de cavalerie légère (fourreau fer, anneaux et bellière cuivre).

182. Sabre de hussard (Napoléon Ier), fourreau cuivre, garniture cuivre. Sur la lame : *Vaincre ou mourir.*

183. Épée d'officier Empire.

184. Sabre de cavalerie légère (Napoléon Ier), fourreau cuivre.

185. Sabre d'officier supérieur (Napoléon Ier), fourreau cuir, garniture dorée.

186. Sabre, fourreau cuivre.

187. Trois Sabres courbés, cavalerie légère, fourreau cuivre (Napoléon Ier).

Seront divisés.

188. Un autre, garde à trois branches.

189. Sabre cimeterre, garnitures argentées, fourreau cuir.

190. Un autre, fourreau cuir, garnitures cuivre.

191. Un autre, fourreau fer, garnitures cuivre.

192. Sabre d'officier supérieur (Napoléon Ier), fourreau cuivre gravé.

193. Deux Sabres courbes, fourreau fer, bagues et bellières cuivre, garde à trois branches.

Seront divisés.

194. Trois Sabres courbes, fourreau fer, garde cuivre à une branche.

Seront divisés.

195. Onze Sabres divers d'officiers et de soldats, grosse cavalerie et cavalerie légère (Louis XVI à 1830).

Seront divisés.

196. Sabre droit d'officier général (Napoléon Ier), fourreau cuivre gravé.

197. Sabre de grosse cavalerie (1823), fourreau fer, garde cuivre à trois branches.

198. Sabre de dragon, modèle de 1854, fourreau fer, garde fer à trois branches.

199. Sabre courbe, grosse cavalerie (1832), fourreau fer, garde cuivre à une branche.

200. Sabre d'officier (1845).

201. Vingt-sept Sabres d'officiers et soldats étrangers, de Louis XV à nos jours.

Seront divisés.

202. Deux claymores.

Seront divisées.

203. Sabre briquet, soleil dans la garde.

204. Un autre.

205. Un autre.

206. Un autre.

207. Un autre.

208. Un autre.

209. Un autre.

210. Un autre.

211. Un autre.

212. Un autre.

213. Un autre.

214. Un autre.

215. Un autre.

216. Six Sabres baïonnette.

Seront divisés.

217. Vingt-quatre Épées garde noire, dorée ou argentée (Napoléon Ier à Napoléon III).

Seront divisées.

218. *Baudrier, Ceinturon et Épaulettes de Tambour-Major du 43e d'infanterie de ligne (1855-1870) et Sabre.*

Exposés au Ministère de la Guerre en 1889. Photographiés dans l'ouvrage du général Thoumas (Launette et Cie, éditeurs).

219. Sabre de Garde du corps. Maison du Roi. Restauration.

220. Couteau de chasse.

221. Un autre.

222. Un autre.

223. Un autre.

224. Un autre.

225. Un autre.

226. Quatorze Couteaux, Poignards, Dagues : français, circassiens, mexicains, catalans et autres.

Seront divisés.

227. Revolver-Mitrailleuse.

228. Sept Hallebardes.

Seront divisées.

229. Paire de Pistolets à capsule.

230. Paire de Pistolets à pierre, garniture cuivre.

231. Pistolet tromblon, canon cuivre.

232. Petit Pistolet à capsule.

233. Pistolet Louis XV, garniture cuivre, gravée.

234. Pistolet oriental, niellé or.

235. Pistolet à pierre.

236. Pistolet Louis XV, garniture fer ajourée.

237. Pistolet Louis XVI, garniture fer, gravée, marque Michel Berleur.

238. Hache de sapeur.

239. Trois Glaives.

240. Trois Fleurets et un Masque d'escrime.

241. Main gauche, garde et lame ajourées.

242. Dague et fourreau.

243. Cinq Poignards mexicains.

Seront divisés.

244. Dague fer.

245. Deux Stylets.

246. *Canon Henri III, avec son affût en fer forgé.*

247. Fusil à vent.

A été exposé au Ministère de la Guerre en 1889.

248. *Fusil d'honneur. Consulat.* Sur la crosse se trouve une plaque argent sur laquelle on lit : Le premier Consul, au citoyen Thiulot, sergent à la 8e 1/2 brigade de ligne. A la bataille de Hohenlinden, il se précipita sur une pièce ennemie chargée, qui était dirigée sur la colonne, et tua un canonnier prêt à y mettre le feu,

249. Quatre Fusils chassepot.

Seront divisés.

250. Huit Fusils à pierre.

Seront divisés.

251. Trois Fusils arabes. Quatre Fusils divers (à aiguille, Gras, à piston, etc.).

252. Arquebuse à rouet.

253. Une autre.

254. Carabine Tromblon.

255. Espingole.

256. Une autre.

257. Lot important d'Armes diverses.
Sera divisé.

258. Deux Hallebardes.

259. Lot de Poignards.
Sera divisé.

260. Lot d'Épées et Boucliers.
Sera divisé.

261-300. *Ces numéros ne sont pas catalogués.*

COSTUMES MILITAIRES, COIFFURES ET ACCESSOIRES

301. *Habit d'officier de la Gendarmerie royale, Louis XV*. Broderies argent fin.

302. Habit de voltigeur. Infanterie de ligne, 1805-1812.
A été exposé en 1889 au Ministère de la Guerre.

303. Habit de soldat. Légion départementale. Restauration. Drap bleu et revers bleus, matriculé 1819.

304. Habit d'officier de la Maison de l'Empereur, 1815.
A été exposé en 1889 au Ministère de la Guerre.

305. Habit de soldat. Légion départementale. Ordonnance de 1812. Drap blanc, passepoil rose.

306. Veste de corvée, 1806-1812.

307. Habit de garde de la Porte, 1814-1815.
A été exposé en 1889 au Ministère de la Guerre.

308. Habit de soldat. Compagnie départementale, 1804. Drap blanc, col, revers et passepoil bleus.
A été exposé en 1889 au Ministère de la Guerre.

309. Habit de chambellan. Grande tenue. Restauration. Drap bleu brodé or fin.

310. Habit de maréchal de camp. Petite tenue. Restauration.

A été exposé en 1889 au Ministère de la Guerre.

311. Dolman de soldat, 3e hussards, 1837.

A été exposé en 1889 au Ministère de la Guerre.

312. Habit d'officier. Légion départementale, 1816. Drap blanc, col et passepoil amarante.

A été exposé en 1889 au Ministère de la Guerre.

313. Habit de soldat du 7e régiment de la Garde royale, Suisse, 1824.

A été exposé en 1889 au Ministère de la Guerre.

314. Habit de trompette de cavalerie légère, 1805-1812.

A été exposé en 1889 au Ministère de la Guerre.

315. Habit de Garde nationale. Paris, 1814.

A été exposé en 1889 au Ministère de la Guerre.

316. Habit de mousquetaire gris. Restauration.

317. Dolman de la Garde royale. Restauration.

A été exposé en 1889 au Ministère de la Guerre.

318. Habit de chevau-légers. Maison du Roi, 1814-1815.

A été exposé en 1889 au Ministère de la Guerre.

319. Dolman de la Garde royale. 1816-1825.

A été exposé en 1889 au Ministère de la Guerre,

320. Habit de soldat. Dragon, 1830.

A été exposé en 1889 au Ministère de la Guerre.

321. Habit de soldat. Dragon, 1822.

A été exposé en 1889 au Ministère de la Guerre.

322. Habit de chambellan. Petite tenue. Restauration. Drap bleu, brodé or fin.

323. Habit de soldat. Dragon, 1848.

A été exposé en 1889 au Ministère de la Guerre.

324. Habit de clairon de voltigeur d'infanterie légère, 1829.

A été exposé en 1889 au Ministère de la Guerre.

325. Habit de garde du corps. Petite tenue. Restauration.
A été exposé en 1889 au Ministère de la Guerre.

326. Habit de mousquetaire noir. Petite tenue, 1814-1815.
A été exposé en 1889 au Ministère de la Guerre.

327. *Costume d'officier général des gardes d'honneur du département de la Manche.* Premier Empire. Habit drap bleu, col et parements aurore brodés argent fin, culotte hongroise soutachée argent, gilet drap d'argent fin brodé, chabraque velours paille, brodée argent fin, fourrure et chenille.

328. *Costume d'officier préposé aux domaines.* Première République. Habit drap vert, col à la Saxe, broderies argent fin, gilet drap blanc à la Robespierre, hongroise brodée argent fin. Plaque de ceinturon.
A été exposé en 1889 au Ministère de la Guerre.

329. Habit d'officier d'infanterie de ligne, 1815.
A été exposé en 1889 au Ministère de la Guerre.

330. Habit de soldat d'un régiment suisse, de ligne.
A été exposé en 1889 au Ministère de la Guerre.

331. Un autre.

332. Habit d'amiral. Louis XVI. Velours ardoise, revers velours rouge, broderies or fin.

333. Habit d'officier, garde du corps Louis XVI, avec ses épaulettes. Drap bleu, col, revers et parements drap écarlate galonné argent fin, épaulettes argent fin.

A été exposé au Ministère de la Guerre en 1889. Photographié dans l'ouvrage du général Thoumas (Launette, éditeur).

334. Habit d'officier. Régiment suisse au service de la France, 1786. Drap écarlate, col, revers et parements drap jonquille.
A été exposé au Ministère de la Guerre en 1889.

335. Habit d'officier, petite tenue. Maison de l'Empereur, 1805-1815.

A été exposé au Ministère de la Guerre en 1889.

336. Dolman de marin de la garde impériale. Premier Empire.

337. Habit.

338. Pelisse et dolman du 7e hussards, à l'ordonnance de 1812.

339. Habit de soldat, forme Louis XIV. Drap blanc, col, parements et revers bleus, boutonnières blanches.

340. Un autre.

341. Habit. Soldat d'infanterie, à l'ordonnance de 1786.

342. Un autre.

343. Habit d'artilleur, à l'ordonnance de 1786.

344. Un autre.

345. Dolman et Hongroise de hussard, 1806.

346. Habit de soldat, forme Louis XV. Serge blanche, col et parements serge bleue, galonné jaune.

347. Un autre. Serge bleue, col et parements serge rouge, galonné blanc.

348. Habit long de dragon, à l'ordonnance de 1807. Drap vert, col, revers et parements drap jonquille.

349. Habit de cavalier, forme Louis XVI. Drap vert, revers et parements chamois.

350. Habit de dragon, forme Louis XV.

351. Habit long de soldat. Infanterie, à l'ordonnance de 1807. Revers blancs, basques à retroussis écarlate.

352. Un autre.

353. Un autre.

354. Un autre.

355. Un autre d'officier.

356. Un autre de soldat.

357. Un autre.

358. Habit d'officier de chasseurs de la garde. Premier Empire.

359. Pelisse et dolman du 4e hussards, à l'ordonnance de 1812.

360. Dolman du 5e hussards, à l'ordonnance de 1812.

361. Dolman de hussard, vert et tresse blanche, col et parements à l'ordonnance de 1812.

362. Habit de soldat d'infanterie, à l'ordonnance de 1786. Col, revers et parements serge écarlate.

363. Dolman du 11e hussards.

364. Habit de général. Petite tenue, 1848.

365. Habit et épaulettes de garde-chiourme, 1860.

366. Dolman écarlate, tresses orange.

367. Dolman vert, tresses blanches, 1807.

368. Habit long de soldat d'infanterie, 1807.

369. Pelisse drap amarante, tresses blanches.

370. Habit de général de brigade. Napoléon III.

371. Habit de dragon, Napoléon III.

372. Habit d'artilleur de la marine, forme premier Empire.

373. Deux habits d'invalide, 1850.

374. Habit de servant au mess des Cent-gardes.

375. Habit d'artilleur, Restauration.

376. Habit d'invalide, Louis XVI.

377. Un autre, Restauration.

378. Habit d'artilleur, à l'ordonnance de 1807.

379. *Buffle Louis XIII.*

380. Habit de soldat suisse de la garde royale. Restauration.

381. Habit de soldat, légion de la Vistule. Premier Empire.

382. Habit d'infanterie de ligne, officier, 3e régiment. Premier Empire.

383. Habit d'infanterie de ligne, troupe, 33e régiment. Premier Empire.

384. Veste de sous-officier, infanterie. Restauration.

385. Lot de gilets, infanterie.

386. Lot de gilets, cavalerie.

387. Costume de Circassien, avec ceinturon et cartouchière. Drap écarlate, satin noir et drap noir, garnitures argent fin.

388. Trois tuniques de Circassien, avec ceinture et cartouchière, drap tabac, drap noir et drap écarlate.

389. Veste de cantinière. Chasseurs.

390. Lot de Costumes coloniaux.

391. Lot important d'Uniformes français anciens et modernes, cavalerie et infanterie, de Louis XV à Napoléon III inclus.

Sera divisé.

392. Lot important d'Uniformes étrangers anciens et modernes.

Sera divisé.

393. Veste d'officier Louis XV.

394. Gilet de fantaisie d'officier de cavalerie légère. Napoléon Ier.

395. Hongroise en nankin soutachée.

396. Fort lot Hongroises et Pantalons de troupe.

Sera divisé.

397. Fort lot de Culottes de peau de toutes nuances.

Sera divisé.

398. Pantalon charivari, houzard. Révolution.

399. *Chapeau d'officier d'infanterie. Premier Empire.*

A été exposé au Ministère de la Guerre en 1889.

400. *Schako d'officier du 3e régiment de hussards. Napoléon Ier.*

A été exposé au Ministère de la Guerre en 1889.

401. Schako d'officier du train d'artillerie de la garde impériale. Napoléon Ier.

A été exposé au Ministère de la Guerre en 1889.

402. Chapeau d'officier de dragons, petite tenue.

403. Schako d'officier d'infanterie légère. Napoléon Ier.

404. Bonnet à poil. 1er régiment d'infanterie. Révolution.

405. Schako de troupe avec plumet. 45e d'infanterie.

Traces de nombreux coups de sabre.

406. Chapeau d'officier d'infanterie.

Dans son étui du temps.

407. *Casque et cuirasse d'officier de carabiniers. Napoléon Ier.*

Ont été exposés au Ministère de la Guerre en 1889.

408. *Casque de dragon. Louis XVI et Révolution.*

A été exposé au Ministère de la Guerre en 1889.

409. Casque de dragon. Napoléon Ier.

A été exposé au Ministère de la Guerre en 1880.

410. Casque de dragon de la garde impériale.

A été exposé au Ministère de la Guerre en 1889.

411. Deux casques de cuirassier. Napoléon Ier.

412. Casque de chevau-léger-lancier.

A été exposé au Ministère de la Guerre en 1889.

413. Mirliton de hussard, flamme verte et rouge. Révolution.

414. Bonnet de police d'officier de carabiniers.

415. Schako d'officier prussien. Napoléon Ier.

416. *Schako d'officier. Premier Empire.*

417. *Schako de troupe. Premier Empire.*

418. Schako d'officier. Restauration.

419. *Schako de la garde nationale de Dijon (1815).*
A été exposé au Ministère de la Guerre en 1889.

420. Schako d'artillerie à pied (1829).
A été exposé au Ministère de la Guerre en 1889.

421. Schako de troupe. Restauration (1814-1815).
A été exposé au Ministère de la Guerre en 1889.

422. Chapeau tricorne. Grosse cavalerie (1792).

423. Schako de troupe. Restauration.

424. Schako d'officier d'infanterie de ligne (1829).
A été exposé au Ministère de la Guerre en 1889.

425. Schako de la gendarmerie corse. Restauration.
A été exposé au Ministère de la Guerre en 1889.

426. Schako d'officier d'infanterie de ligne (1830).
A été exposé au Ministère de la Guerre en 1889.

427. Mitre de troupe. Louis XV.

428. Mitre d'officier. Russie.

429. Chapeau de général (1814-1830).
A été exposé au Ministère de la Guerre en 1889.

430. Chapeau de gardes du corps ((1820).
A été exposé au Ministère de la Guerre en 1889.

431. *Schapska de colonel.* Louis-Philippe.

432. Schapska de « Lanciers d'Orléans ». (Juillet 1830 à février 1831.)

Ancien régiment de lanciers de la garde royale, il a pris le n° 6 lorsque l'arme des lanciers a été reconstituée à six régiments, le 19 février 1831.

A été exposé au Ministère de la Guerre en 1889.

433. Schapska de troupe.

A été exposé au Ministère de la Guerre en 1889.

434. Schapska de troupe.

435. Schapska de « Lanciers de la Garde royale » (1814-1824.)

A été exposé au Ministère de la Guerre en 1889.

436. Schapska de « Lanciers de la Garde royale » à l'ordonnance de 1824-1830.

437. Schako de troupe. Louis-Philippe.

438. Schako du 11e régiment d'artillerie. Louis-Philippe.

A été exposé au Ministère de la Guerre en 1889.

439. Chapeau d'officier supérieur. Premier Empire.

440. Chapeau bicorne. Forme Révolution.

441. Schako troupe, feutre.

442. Lot de quinze Schakos. Premier Empire à Napoléon III.

Sera divisé.

443. Lot de cinq Schakos dits « Tubes ». Restauration à Napoléon III.

444. Lot de dix-neuf Chapeaux d'officiers et soldats. Premier Empire à Napoléon III.

Sera divisé.

445. Lot de neuf Bonnets de police. Premier Empire à 1830.

Sera divisé.

446. Bonnet de police. Révolution.

A été exposé au Ministère de la Guerre en 1889. Photographié dans l'ouvrage du général Thoumas. (Launette, éditeur.)

447. Bonnet de police. Révolution.

A été exposé au Ministère de la Guerre en 1889. Photographié dans l'ouvrage du général Thoumas. (Launette, éditeur.)

448. Deux Bonnets. Révolution.

Ne seront pas divisés. Ont été exposés au Ministère de la Guerre en 1889. Photographiés dans l'ouvrage du général Thoumas. (Launette, éditeur.)

449. Bonnet de police d'officier général (1814-1824).

A été exposé au Ministère de la Guerre en 1889. Photographié dans l'ouvrage du général Thoumas. (Launette, éditeur.)

450. Deux Bonnets de police de troupe.

451. Bonnet de police de soldat. Napoléon Ier.

A été exposé au Ministère de la Guerre en 1889.

452. Casque de cuirassier. Garde royale. Charles X.

A été exposé au Ministère de la Guerre en 1889.

453. Casque d'officier de cuirassiers. Charles X.

A été exposé au Ministère de la Guerre en 1889.

454. Casque d'officier de cuirassiers. Louis-Philippe.

A été exposé au Ministère de la Guerre en 1889.

455. Casque d'officier de dragons. Louis-Philippe.

A été exposé au Ministère de la Guerre en 1889.

456. Casque de cuirassier. Charles X.

La chenille est fausse, doit être noire.

457. Casque d'officier de cuirassiers. Napoléon III.

458. Casque de cuirassier. Napoléon III.

459. Casque d'officier de dragons. Napoléon III.

460. Quatre casques de garde nationale à cheval. Restauration.

Ont été exposés au Ministère de la Guerre en 1889. Seront divisés.

461. Casque d'officier de la gendarmerie des chasses. Maison du Roi. Restauration.

462. Casque de chasseur. Restauration.

A été exposé au Ministère de la Guerre en 1889.

463. Casque du train d'artillerie. Garde royale. Restauration.

A été exposé au Ministère de la Guerre en 1889.

464. Casque de garde du corps. Maison du Roi. Restauration, modèle 1815.

A été exposé au Ministère de la Guerre en 1889.

465. Casque de chevau-légers du Roi. Restauration (1814-1815).

A été exposé au Ministère de la Guerre en 1889.

466. Casque de chasseurs du Roi. Restauration (1814).

467. Casque de garde du corps. (1825.)

A été exposé au Ministère de la Guerre en 1889.

468. Casque de gendarme de la Maison du Roi. (1814-1815.)

A été exposé au Ministère de la Guerre en 1889.

469. Six Casques divers. Restauration et autres.

Seront divisés.

470. Casque et cuirasse de carabinier. Napoléon III.

471. Trois Bonnets à poil.

472. Deux Casques fer.

Seront divisés.

473. Un Casque XVIe siècle.

474. Casque XVIIe siècle, à visière, gravé.

475. Un autre uni.

476. Heaume, XIIIe siècle.

477. Cuirasse, coletin et casque style Henri III.

478. Cuirasse et coletin Henri III.

479. Armure XVe siècle.

480. Armure XVIe siècle.

481. Cinq armures.

Seront divisées.

482. Cuirasse de cuirassier.

483. Devant de cuirasse XVIIe siècle.

484. Cinq morions.

Seront divisés.

485. *Selle et bride d'officier général Louis XV.*

486. *Sabretache de guide de la Garde des Consuls.*

487. Giberne de chasseurs à cheval de la Garde impériale. Napoléon Ier.

488. Tablier de sapeur. Napoléon Ier.

489. Ceinture d'officier de hussards, petite tenue.

A été exposée au Ministère de la Guerre en 1889.

490. Deux paires d'épaulettes argent et aiguillettes. Restauration.

491. Trois paires d'épaulettes or. Napoléon Ier.

492. Lot chabraques.

493. *Tambour Royal Marine*, XVIIIe siècle.

494. Bonnet de police. Officier supérieur. Napoléon Ier.

A été exposé au Ministère de la Guerre en 1889.
Photographié dans l'ouvrage du général Thoumas (Launette, éditeur).

495. Tambour Louis XVI.

496. *Tambour Révolution.*

A été exposé au Ministère de la Guerre en 1889.

497. Tambour Napoléon III, avec banderole, baguettes et tablier.

498. Banderole de tambour armoriée.

499. Une autre en cuir.

500. Lot de 43 paires d'épaulettes, or, argent et laine. Louis XV à Napoléon III.

Sera divisé.

501. Tablier de sapeur, modèle type 1830.

502. Tablier de sapeur du 1er régiment des voltigeurs, 1854.

503. Deux ceinturons d'officiers supérieurs. Napoléon Ier.

504. Lot de dix ceinturons d'officiers. Louis XV, Révolution et Napoléon III.

Sera divisé.

505. Deux cannes de tambour-major.

506. Sabretache et ceinturon des chasseurs de la Garde (1815).

Ont été exposés.

507. *Sabretache et ceinturon des chasseurs de la Garde (1815).*

Ont été exposés au Ministère de la Guerre en 1889.

508. Sabretache aigle brodé laine. Premier Empire.

509. Sabretache d'officier. Louis-Philippe.

510. Sabretache de soldat. Louis-Philippe.

511. Ceinturon de cavalerie avec porte-sabretache.

512. Giberne d'officier. Napoléon Ier.

513. Giberne, Maison du Roi. Restauration.

514. Lot d'aigrettes.

Sera divisé.

515. Lot de pompons, macarons de toutes les époques.

Sera divisé.

516. Baril de vivandière.

517. *Giberne-cartouchière, poire à poudre et buffleterie* ad hoc *Louis XV.* Giberne en cuir gaufré or aux armes de France, trophée de drapeaux les entourant, canons et grenade les supportant. Très bel état de conservation.

518. Poire à poudre Louis XIII, à personnage.

519. Poire à poudre XVIe siècle.

520. Lot important de cuivrerie militaire (1812-1855), comprenant plaques de schakos, de ceinturons, de gibernes, olives, jugulaires, garnitures de casques, grenades, etc.

Sera divisé.

521. Fort lot de glands, aiguillettes, fourragères, ferrets, dragonnes.

Sera divisé.

522. Paire de gants d'officier. Napoléon Ier.

523. Lot de boucles de ceinturons.

Sera divisé.

524. Lot de hausse-cols.

525. Sept paires de bottes.

526. Veste de cantinière de la Garde nationale.

527. Lot de drapeaux, écharpes.

528. Lot important de ceinturons, articles d'équipement.

Sera divisé.

529. Fort lot de plumets.

530. Costume d'officier anglais.

531. Veste d'officier anglais.

532. Gilet d'officier général (1795-1800).

533. Lot de cuivrerie.

Sera divisé.

534. Lot de sabretaches.

Sera divisé.

535. Lot de crinières et chenilles.

Sera divisé.

536. *Ceinturon que portait Napoléon Ier à la bataille de Waterloo* (provient de la vente Raffet. Authentique.)

Ainsi désigné au Catalogue officiel de l'Exposition du Ministère de la Guerre en 1889. Page 139, n° 337.

537. Lot de ceintures filets.

Sera divisé.

538. Lot de buffleteries.

Sera divisé.

539. Lot de gibernes.

Sera divisé.

540. Lot de baudriers.

Sera divisé.

COSTUMES CIVILS HISTORIQUES

541. Manteau vénitien xve siècle, velours grenat doublé damas vert.

542. Manteau vénitien xve siècle, velours de Gênes, grenat doublé brocart jaune.

543. Manteau long vénitien xve siècle, damas soie groseille, fleurs jaunes.

544. Manteau long vénitien xve siècle, damas gris ardoise, fleurs blanches.

545. Manteau long vénitien xve siècle, damas bleu clair, fleurs et motifs chinois blanc et couleurs.

546. Pourpoint de seigneur xve siècle, damas bleu et groseille.

547. Un autre à manches pendantes, damas vert et groseille.

548. Pourpoint de seigneur xve siècle, damas jaune, fleurs grenat.

549. Un autre, satin bleu brodé or.

550. Pourpoint vénitien xve siècle, velours grenat à fleurs, manches velours vert frappé, rehaussé d'or, à crevés au coude.

551. Pourpoint vénitien xve siècle, damas bleu verdâtre à fleurs.

552. Pourpoint de page vénitien XVᵉ siècle, velours de Gênes grenat, manches à crevés.

553. Pourpoint de page vénitien XVᵉ siècle, velours noir, manches à crevés.

554. Pourpoint de seigneur XVᵉ siècle, à manches pendantes, brocatelle groseille, manches en damas vert.

555. Pourpoint de dessous, velours grenat.

556. Pourpoint de page vénitien XVᵉ siècle, velours noir garni argent, manches à crevés.

557. Pourpoint de page vénitien XVᵉ siècle, velours noir frappé.

558. Pourpoint de page vénitien XVᵉ siècle, drap écarlate, manches à crevés.

559. Un autre, velours vert rayé, manches à crevés.

560. Un autre, brocatelle jaune, galon velours noir, manches à crevés.

561. Un autre, velours de Gênes grenat, manches à crevés.

562. Un autre, panne rouge, manches à crevés.

563. Un autre, velours grenat, manches droites à gigot.

564. Corsage de dessous XVᵉ siècle, en damas jaune à fleurs blanches.

565. Pourpoint peuple XVᵉ siècle, en drap noir à tonnelet.

566. Mantelet de page vénitien XVᵉ siècle, panne rose garnie fourrure.

567. Robe de femme XVᵉ siècle, en satin blanc, garnie peluche rose, manches à crevés.

568. Une autre, en soie bleue gansée blanc.

569. Une autre, en satin bleu, à manches pendantes.

570. Cuirasse en peau XVᵉ siècle, soutachée acier.

571. Robe de femme xve siècle, en damas violet, manches soie jaune, garnie fourrure.

572. Robe de femme xve-xvie siècles, en satin blanc garnie rose et or.

573. Une autre, en damas, à fleurs havane, garnie velours, doubles manches.

574. Une autre, mi-partie satin bleu et blanc, brodé fleurs or.

575. Une autre (enfant), brocart or et argent.

576. Une autre, en cachemire blanc crème, garniture velours noir, manches à crevés.

577. Une autre, en velours vert, manches drap d'or.

578. Une autre, en cachemire mauve, ornée velours noir, manches à crevés.

579. Une autre, en velours épinglé bleu.

580. Une autre, faille blanche, garniture velours noir.

581. Grande robe d'homme xve-xvie siècles, velours violet, larges manches garnies fourrure.

582. Une autre, damas groseille, larges manches garnies fourrure.

583. Trois robes drap.

Seront divisées.

584. Pourpoint de seigneur François Ier, en velours vert, manches tailladées à fond de satin blanc.

585. Un autre, en velours violet, manches à crevés de satin violet.

586. Un autre, en velours grenat, manches tailladées à fond de satin grenat, garniture jais.

587. Un autre, en drap d'or galonné velours noir, manches à crevés de satin blanc.

588. Un autre, en velours vert à larges manches doublées satin blanc, ornements or.

589. Un autre, en drap rose, à manches pendantes, galonné velours lie de vin.

590. Un autre, en feutre grenat, ornements velours grenat, manches à crevés de soie blanche.

591. Un autre, en velours vert, manches soie havane, ornements or.

592. Un autre, en satin rose, manches à crevés soie blanche.

593. Cape XVIe siècle, en velours rose, garnie peluche blanche.

594. Une autre, en velours noir.

595. Une autre, en velours rose doublé satin blanc.

596. Une autre, en velours vert, garnie hermine.

597. Une autre, en velours noir, garnie fourrure, appliques or.

598. Une autre, en drap noir.

599. Une autre, en peluche grenat, garnie fourrure.

600. Manteau XVe-XVIe siècles, en velours grenat doublé satin blanc, brodé or.

601. Un autre, en velours vert, brodé or.

602. Un autre, blasonné en damas jaune, doublé bleu.

603. Un autre, en velours noir doublé soie grenat, brodé or.

604. Un autre, en drap écarlate.

605. Un autre, en velours rose, garni hermine.

606. Un autre, en drap écarlate, galonné or.

607. Costume de lansquenet, pourpoint et culotte drap garance à crevés marron, cuirasse feutre blanc tailladé.

608. Costume de lansquenet, pourpoint et cuirasse feutre blanc tailladé.

609. Costume de lansquenet, pourpoint drap noir, culotte et manches à bandes drap garance, fond noir.

610. Costume de lansquenet, pourpoint et culotte drap vert tailladé.

611. Costume de lansquenet, pourpoint en peau, à large col créneaux, culotte et manches drap vert tailladé.

612. Costume de lansquenet, pourpoint en peau noire, à plastron, drap garance, à crevés chamois, manches et culotte à bandes, drap garance, fond chamois.

613. Costume de reître, pourpoint et culotte tenant ensemble, en drap jonquille, à bandes fond grenat.

614. Costume de lansquenet, pourpoint drap noir, manches et culotte drap garance à taillades fond noir.

615. Costume de lansquenet, en drap garance, soutaché noir.

616. Costume de reître, pourpoint et culotte tenant ensemble blasonné, en drap vert à taillades chamois gansé garance.

617. Costume de lansquenet, pourpoint en peau chamois, manches et culotte drap blanc, à bandes et taillades grenat rehaussés d'or.

618. Costume de reître, pourpoint à bourrelet en drap noir, manches et culotte damas de soie groseille à bandes fond de satin blanc.

619. Costume de reître, pourpoint et culotte drap garance, bariolés, velours noir et galon blanc.

620. Costume de lansquenet, pourpoint en peau noire, manches et culotte drap garance bariolés de rouleaux jonquille à taillades bleues.

621. Costume de lansquenet, pourpoint et culotte feutre noisette, bandes à fond blanc, crevés fond écarlate.

622. Costume de lansquenet, pourpoint drap noir à taillades chamois, culotte et manches bandes drap garance fond chamois, galon blanc.

623. Costume de lansquenet, pourpoint feutre blanc et rose tailladé, culotte mi-partie blanc à crevés rose et blanc, à bandes bleu et jaune.

624. Costume de lansquenet, pourpoint drap noir, manches et culotte chamois, à bandes groseille à crevés.

625. Un autre.

626. Costume de reître, pourpoint drap noir, manches à bandes violet fond écarlate, cuirasse et culotte en feutre havane à bandes et crevés écarlate.

627. Costume de lansquenet, pourpoint drap noir plastronné chamois à crevés groseille, culotte à bandes, cuirasse drap jonquille, bariolée groseille.

628. Costume de lansquenet, pourpoint et culotte en drap noir à taillades.

629. Lot important de culottes XVe et XVIe siècles.

Sera divisé.

630. Lot important de cuirasses en drap, XVe et XVIe siècles.

Sera divisé.

631. Fort lot de manteaux, péplums et autres.

Sera divisé.

632. Cuirasse en peau XVIe siècle.

633. Cuirasse, pourpoint et trousse XVIe siècle en cuir tailladé et à crevés.

634. Lot important de pourpoints et cuirasses XVe et XVIe siècles.

Sera divisé.

635. Cape à capuchon, en feutre blanc, brodée et soutachée noire.

636. Costume Henri II, en cuir, cuirasse à tuyaux, col roulé, pourpoint manches drap garance, trousse, le tout entièrement tailladé, fond marron.

637. Seigneur Charles IX, en drap havane, trousse et pourpoint.

638. Costume Louis XIII à manches pendantes, en damas havane à fleurs, culotte peluche bleue.

639. Costume de soldat Louis XIII, pourpoint serge groseille, culotte drap violet.

640. Costume Louis XIII en peau, manches et culotte velours mastic.

641. Costume Charles IX, pourpoint et trousse velours et soie noire garnis jais.

642. Costume de soldat Louis XIII, pourpoint drap noisette, culotte en drap garance.

643. Costume de soldat Louis XIII, en drap chocolat.

644. Costume de soldat Louis XIII, en bure havane.

645. Costume Henri IV, en velours marron.

646. Costume de seigneur Henri IV, pourpoint soie grenat, culotte velours grenat.

647. Costume de seigneur Louis XIII, en velours vert, crevé groseille, garni or pourpoint et culotte.

648. Costume de seigneur Louis XIII, en velours noir, pourpoint et culotte.

649. Seigneur Louis XIII, en peluche bronze et soie gris argent, pourpoint et culotte.

650. Costume Charles IX, en drap et velours havane, pour point et trousse.

651. Seigneur Louis XIII, en damas noir et jais, pourpoint et culotte.

652. Soldat Louis XIII, en peau noire, boutonnières or, culotte et pourpoint.

653. Soldat Louis XIII, en feutre gris bleuté, boutonnières noire et or, culotte et pourpoint.

654. Costume Charles IX, en drap chamois, tailladé et à crevés marron, pourpoint et trousse.

655. Soldat Louis XIII, en feutre gris, crevés jaune, boutonnières rouge, pourpoint et culotte.

656. Costume Louis XIII, en drap gris à manches pendantes, manches de dessous et culotte drap garance.

657. Pourpoint de seigneur Louis XIII, en brocatelle à fleurs de couleur, manches pendantes, manches de dessus damas groseille.

658. Seigneur Charles IX, pourpoint velours noir, manches et trousse soie verte, losangé velours noir.

659. Seigneur Louis XIII, pourpoint et culotte velours bleu, manches pendantes, dessus de satin blanc.

660. Costume de seigneur Louis XIII, pourpoint et culotte velours havane garni perles, fond soie paille.

661. Soldat Louis XIII, pourpoint et culotte drap gris.

662. Seigneur Henri III, pourpoint et culotte de velours épinglé rose.

663. Costume Louis XIII, pourpoint feutre gris fer, manches et culotte vertes.

664. Costume Henri IV, pourpoint feutre noisette, culotte velours marron.

665. Costume seigneur Charles IX, pourpoint et trousse en drap blanc tailladé, garni or.

666. Seigneur Louis XIII, pourpoint à manches pendantes, peluche bronze, culotte reps bleu.

667. Costume Henri IV, pourpoint feutre havane garni de passementerie marron, manches et culotte velours vert olive.

668. Costume de seigneur Louis XIII, pourpoint et culotte en velours mastic, garnis soie groseille.

669. Seigneur Henri IV, pourpoint feutre noisette, culotte et manches en velours mastic.

670. Seigneur Henri IV, pourpoint et trousse en velours marron.

671. Pourpoint de soldat Louis XIII, en reps bleu.

672. Seigneur Henri III, pourpoint et culotte en satin groseille plissé.

673. Seigneur Henri IV, pourpoint et culotte velours marron, manches soie verte.

674. Pourpoint de seigneur Louis XIII, à manches pendantes, en velours mastic, manches soie blanc crème.

675. Pourpoint de seigneur Louis XIII, à manches pendantes, en brocart gris argent, manches de dessus damas jaune.

676. Seigneur Henri III, pourpoint et culotte en velours acajou.

677. Costume Louis XIII gris et havane, pourpoint et culotte.

678. Costume Louis XIII en velours gris souris et damas vert mousse, pourpoint et culotte.

679. Costume d'officier Louis XIII, en peluche bleue, boutonnières argent, pourpoint et culotte.

680. Deux Pourpoints Louis XIII, feutre havane et gris à manches pendantes.

Seront divisés.

681. Six Buffletins Louis XIII, cuir, peau et feutre gris.

Seront divisés.

682. Sept Buffletins Louis XIII, cuir, peau et feutre chamois.

Seront divisés.

683. Deux autres, jaunes.

684. Vingt-sept Pourpoints de seigneurs et peuple Charles IX, Henri III, Henri IV et Louis XIII.

Seront divisés.

685. Lot de Culottes et Trousses.

Sera divisé.

686. Lot important de Manteaux.

Sera divisé.

687. Cape en drap garance à col créneaux, tailladée et à crevés violet foncé (Henri III).

688. Cape en peluche havane, garnie passementerie soie du même ton (Henri III).

689. Cape en velours de Gênes uni, vieux cuivre, doublée damas rose, ornée de passementerie soie du même ton (Henri III).

690. Cape en peluche loutre, doublée peluche rose, garnie de passementerie noire et or (Henri III).

691. Costume d'homme Louis XV, brodé soie.

Habit drap bleu et gilet soie blanche.

692. Costume d'homme Louis XVI, brodé soie.

Habit soie violette à fleurs, gilet damas à fleurs sur fond jaune.

693. Costume d'homme Louis XVI, brodé soie, or et argent pailleté.

Habit et culotte velours vert, gilet de soie blanche.

694. Costume d'homme Louis XV, brodé et pailleté or.

Habit velours rouge, gilet soie blanche.

695. Costume d'homme Louis XVI, brodé et pailleté argent et cabochons.

Habit velours vert, gilet soie blanche.

696. Costume d'homme Louis XV, brodé et pailleté or.

Habit velours souris, gilet drap d'or.

697. Costume d'homme Louis XVI, en velours à côtes.

Habit et gilet gris et jaune.

698. Costume Louis XV, brodé soie.

Habit satin violet, gilet soie blanche.

699. Costume Louis XVI, brodé soie, or et argent, et pailleté.

Habit velours épinglé bleu, gilet soie blanche.

700. Costume Louis XVI brodé soie.

Habit drap violet, gilet en soie blanche.

701. Costume Louis XVI, brodé soie, or et argent, et pailleté.

Habit velours épinglé vert, gilet en soie blanche.

702. Costume Louis XVI, brodé soie, or et argent pailleté et cabochons.

Habit velours épinglé violet, gilet en soie blanche.

703. Costume Louis XVI, brodé soie.

Habit drap havane, gilet soie blanche.

704. Habit Louis XV, velours de Gênes abricot à fleurs, fond or, ornements or.

705. Habit Louis XIV, velours de Gênes vert d'eau à bouquets grenat, brodé soie et or.

706. Costume Louis XV, en brocatelle tissée fleurs et argent.

Habit et culotte brocatelle jaune à fleurs, gilet soie rose à fleurs.

707. Habit Louis XIV, velours de Gênes marron.

708. Habit Louis XV, velours de Gênes abricot, à fleurettes.

709. Habit Louis XV, velours de Gênes prince, à fleurs.

710. Habit Louis XV, velours épinglé groseille, à fleurs blanches.

711. Habit Louis XV, velours jaune à côtes, pois grenat.

712. Habit Louis XV, velours noir brodé et pailleté or et cabochons.

713. Costume Louis XVI en soie, brodé soie et argent.

Habit soie violette, gilet en soie blanche.

714. Costume Louis XV en velours brodé soie et argent, et cabochons.

Habit et culotte velours prune, gilet en soie blanche.

715. Costume Louis XV en velours épinglé brodé or et cabochons.

Habit velours, gilet en soie blanche.

716. Costume Louis XV en velours cramoisi brodé or et pailleté.

Habit en velours, gilet en drap d'or.

717. Habit Louis XV en velours prune, brodé or pailleté et cabochons.

718. Costume Louis XV en velours de Gênes vieux rose, à fleurs blanches.

Habit, gilet et culotte.

719. Costume d'homme Louis XV en velours de Gênes vieux rose à fleurs, fond et broderies or.

Habit et gilet.

720. Costume d'homme Louis XV en soie rose à fleurs blanches.

Habit, gilet et culotte.

721. Costume d'homme Louis XV en velours à côtes, orné de fleurettes.

Habit et gilet.

722. Costume d'homme Louis XV en faille rose à fleurs.

Habit et culotte en faille, gilet en moire brochée.

723. Un autre, habit, gilet et culotte.

724. Costume Louis XV, brodé soie et argent pailleté.

Habit velours prune, gilet satin blanc.

725. Costume Louis XV en soie, brodé soie à fleurs.

Habit soie bleu ardoise, gilet soie blanche.

726. Costume Louis XVI en velours brodé soie à fleurs.

Habit velours violet à pois, gilet soie blanche.

727. Habit Louis XV en velours de Gênes rouge à fleurs jaunes et noires.

728. Costume d'homme Louis XVI en soie, brodé soie à fleurs.

Habit en soie bleue, gilet soie blanche.

729. Un autre.

730. Costume Louis XVI, brodé soie.

Habit drap havane, gilet soie blanche.

731. Costume Louis XVI, brodé soie.

Habit damier velours prune, gilet en soie blanche.

732. Costume Louis XVI, brodé soie.

Habit soie violette, gilet soie blanche.

733. Costume Louis XV, brodé soie.

Habit velours prune, gilet satin blanc.

734. Costume Louis XVI, velours épinglé bleu, brodé soie.

Habit velours, gilet en soie blanche.

735. Costume Louis XVI, velours épinglé violet, brodé soie.

Habit en velours, gilet en soie blanche.

736. Habit Louis XV en satin gris argent et gilet soie vert d'eau, brodé soie.

737. Habit et veste Louis XIV en velours de Gênes grenat, à bouquets, garniture riche, fleurs tricolores.

738. Habit et veste Louis XV (commencement) en velours de Gênes prune, à fleurs, veste en soie blanche brochée soie à fleurs, or et argent.

739. Habit et gilet Louis XV en velours grenat à pois, brodés soie, or, argent et paillettes, gilet drap d'or brodé soie, or et argent.

740. Habit et culotte Louis XV en velours côtelé grenat, applications velours et broderie soie, gilet en satin blanc brodé soie.

741. Habit et culotte Louis XV en velours épinglé groseille à fleurs blanches, gilet soie groseille brochée à fleurs.

742. Habit et culotte Louis XV, velours rouge brodé or, gilet satin blanc broché soie et or.

743. Habit et culotte Louis XV, velours de Gênes vieux rose, à fleurs fond or et paillettes, gilet satin blanc crème broché fleurs et or.

744. Habit et culotte, velours rouge à côtes brodé soie et paillettes; gilet soie cerise brodé.

745. Habit, gilet et culotte Louis XV, en velours de Gênes cuivre, brodé soie et chenille, ton sur ton.

746. Habit, gilet et culotte Louis XV, en faille rose à fleurs blanches.

747. Habit, gilet et culotte Louis XV, en faille cuivre à fleurettes de couleurs.

748. Habit, gilet et culotte Louis XV, en soie rose à bouquets.

749. Un autre.

750. Habit, gilet et culotte Louis XV, en velours à côtes groseille, brodé soie or et argent.

751. Habit, gilet et culotte Louis XV, en velours de Gênes rouge à fleurs bleues et jaunes.

752. Habit, gilet et culotte Louis XV, en velours de Gênes mastic à fleurettes.

753. Habit Louis XVI, drap marron brodé soie à fleurs.

754. Habit Louis XVI, velours violet brodé soie à fleurs.

755. Habit Louis XVI, drap marron brodé soie à fleurs.

756. Habit Louis XV, drap violet brodé or et gilet piqué vert brodé.

757. Habit Louis XIV, velours épinglé gris à fleurs.

758. Habit, gilet et culotte Louis XV, soie à fleurs brodée or.

759. Habit et gilet Louis XV, satin bleu brodé.

760. Habit Louis XVI, drap havane brodé soie à fleurs, et gilet de soie blanche brodée.

761. Habit Louis XV, soie vieux rose à bouquets.

762. Habit à collet Louis XVI, drap havane brodé fleurs, et gilet soie blanche pailletée.

763. Habit Louis XVI, en soie gorge-de-pigeon brodée soie à fleurs, gilet en soie blanche brodée soie.

764. Habit Louis XV, faille bronze brodée soie à fleurs, gilet soie verte pailletée.

765. Habit Louis XV, drap marron brodé soie verte, gilet faille blanche brodée soie.

766. Habit Louis XV, en moire bleue brochée fleurs ton sur ton, gilet soie brochée or.

767. Habit Louis XV, en velours épinglé violet et noir.

768. Habit Louis XV, en velours épinglé jaune.

769. Habit Jeunesse Louis XIV, en peluche groseille garnie or.

770. Habit Louis XIV, velours noir et jais.

771. Habit Louis XIV, velours mastic chiné noir.

772. Habit Louis XIV, en drap noir.

773. Habit Louis XIV, en lampas groseille fleurs blanches parements verts.

774. Habit Louis XIV, en serge violette, garni passementerie jaune.

775. Habit Louis XIV, en soie vieux rose brochée fleurs blanches et motifs chinois.

776. Habit Louis XIV, en velours épinglé bleu ciel, boutons acier.

777. Habit Louis XIV, en drap noir.

778. Habit Louis XIV, en drap groseille, galonné velours noir.

779. Habit Louis XIV, en drap garance.

780. Habit Louis XIV, en velours noir, boutons jais.

781. Habit Louis XV, en drap blanc.

782. Un autre.

783. Un autre, en toile.

784. Habit Louis XIV, en drap violet, galonné velours noir.

785. Habit Louis XIV, en droguet gris.

786. Habit Louis XVI, en velours rayé couleurs.

787. Habit Louis XV, en jersey noir, almarges à pampilles soie noire.

788. Habit Louis XVI, velours épinglé vert et jaune.

789. Habit Louis XV, en soie verte rayée.

790. Habit Louis XVI, en soie havane.

791. Habit Louis XV, en faille grise, galonné bleu.

792. Habit Louis XV, en soie zébrée violet et jaune.

793. Habit Louis XV, en velours épinglé groseille, boutons acier.

794. Habit Louis XV, en moire violette.

795. Redingote Directoire, en drap tabac.

796. Un autre, en drap groseille, col velours.

797. Habit Consulat, en drap rose, à double collet.

798. Redingote Directoire, en drap tabac.

799. Habit Consulat, en soie grise.

800. Redingote Consulat, en popeline tabac.

801. Habit Consulat, en soie grise rayée vert.

802. Un autre, en toile gorge-de-pigeon.

803. Habit Napoléon Ier, en drap gris.

804. Un autre, en drap gris rayé noir, col velours noir.

805. Un autre, en popeline gris perle.

806. Habit Consulat, en toile gorge pigeon.

807. Habit Napoléon Ier, en bure chinée violet.

808. Habit d'Incroyable, en toile rayée rose-violet et blanc.

809. Un autre, en popeline rouge rayée couleurs.

810. Un autre, en soie rose rayée, boutons acier.

811. Un autre, en soie rayée vert et jaune.

812. Un autre, en soie vert d'eau rayée.

813. Habit Consulat, gris rayé bleu.

814. Habit Consulat, drap vert.

815. Trente-cinq habits Louis XIV, Louis XV et Louis XVI, en drap, velours et soie.

Seront divisés.

816. Cinq habits Directoire, en drap bleu, boutons acier, col à la Saxe.

Seront divisés.

817. Un autre, en drap vert.

818. Habit Consulat, en drap écarlate.

819. Habit Napoléon Ier, en drap vert.

820. Un autre, en drap tabac.

821. Un autre, en drap mauve.

822. Habit Louis XVI, à collet en drap bleu, brodé soie blanche.

823. Habit d'enfant Louis XVI, en drap noir.

824. Habit Louis XVI en jersey noir.

825. Habit fin Louis XVI, à collet, en satin de laine zébré jaune et noir.

826. Habit Louis XV, toile verdâtre, à collet.

827. Habit Louis XVI, toile grise rayée bleu.

828. Habit Louis XVI, à collet, en drap vert.

829. Habit Louis XVI, à collet, en drap bleu.

830. Habit Louis XVI, à collet, en drap vert mousse, brodé or fin.

831. Habit Louis XVI, en velours épinglé vert à pois blancs, à collet.

832. Habit Louis XVI, à collet, en toile gorge pigeon.

833. Habit Louis XVI, à collet, en soie bronze rayée.

834. Redingote Consulat, à pèlerine, en drap gris.

835. Veste Révolution, drap vert d'eau.

836. Une autre en toile gorge pigeon.

837. Une autre en drap amarante.

838. Carmagnole en soie, à rayures arc-en-ciel.

839. Veste rayée jaune et noir.

840. Veste Révolution en drap tabac.

841. Une autre en drap gris.

842. Carmagnole en serge bleu marine.

843. Veste d'enfant en drap gris bleuté.

844. Veste d'homme en bure marron.

845. Carmagnole en serge bleue (rapiécée).

846. Carmagnole en drap garance.

847. Veste en serge marron.

848. Carmagnole en soie gorge pigeon.

850. Veste Consulat en velours marron à côtes.

851. Une autre en toile grise.

852. Une autre.

853. Veste Révolution, à pèlerine, en soie rayée rose et blanc.

854. Carmagnole en drap bleu.

855. Veste d'enfant en drap gris.

856. Veste Louis XV en drap noir.

857. Habit-veste 1830, en drap bleu.

858. Gilet-veste Louis XV, en toile blanche, brodé blanc.

859. Gilet-veste Louis XV en velours de Gênes cramoisi à fleurs ton sur ton.

860. Gilet-veste Louis XV en velours de Gênes rouge, brodé or et chenille bleue, à fleurs.

861. Gilet-veste Louis XIV en velours de Gênes rouge à fleurs, fond crème.

862. Gilet-veste Louis XV en brocatelle rose et or.

863. Gilet-veste Louis XV, en soie blanche, brodé soie, fleurs de couleurs.

864. Un autre en toile blanche, brodé laine, fleurs de couleurs.

865. Gilet-veste Louis XIV en velours de Gênes rouge à fleurs, fond crème.

866. Gilet-veste Louis XV en brocatelle bleue à fleurs de couleurs et or.

867. Gilet-veste Louis XIV en satin blanc brodé chenille à fleurs rouges, lamé or fin, garni de franges soie.

868. Gilet-veste Louis XV en satin de laine soufre, brodé laine même ton.

869. Un autre en toile, brodé laine, fleurs de couleurs.

870. Gilet-veste Louis XIV en satin vert, brodé soie, ton sur ton.

871. Gilet-veste Louis XV en soie bleue brochée fleurs de couleurs.

872. Gilet-veste Louis XIV en faille grise brodée soie ton sur ton.

873. Gilet-veste à manches Louis XV en soie blanche brodée soie groseille.

874. Gilet-veste Louis XV en brocart à fleurs grenat sur fond vert.

875. Gilet-veste Louis XIV en soie crème brodée ton sur ton.

876. Gilet-veste Louis XIV en moire grise brochée fleurs blanches.

877. Gilet-veste Louis XV en satin de laine soufre brodé fleurs de couleurs.

878. Gilet-veste à manches Louis XV en toile blanche brodée même ton.

879. Gilet-veste Louis XV en brocatelle or et argent brochée fleurs de couleurs.

880. Gilet-veste Louis XV en soie blanche brodée soie, fleurs de couleurs.

881. Gilet-veste Louis XV en brocatelle argent fin à bouquets soie et or.

882. Gilet-veste Louis XIV en velours de Gênes noir, à fleurs.

883. Gilet-veste Louis XV en satin blanc brodé grenat.

884. Gilet-veste Louis XV en damas de soie blanc à fleurs, boutonnières or.

885. Gilet-veste Louis XV en velours grenat galonné argent.

886. Gilet-veste Louis XV en satin blanc brodé soie à fleurs de couleurs, pailleté argent.

887. Gilet-veste Louis XV en velours de Gênes rouge à fleurs or.

888. Gilet-veste Louis XV en soie blanche brodée soie et argent.

889. Gilet-veste Louis XV en damas bronze à fleurs de couleurs.

890. Gilet-veste Louis XV en soie grise brochée fleurs couleurs, or et argent.

891. Gilet-veste Louis XV en satin blanc brodé soie fleurs de couleurs et or.

892. Gilet-veste Louis XV en satin blanc brodé soie de couleurs.

893. Gilet-veste à manches Louis XV en moire violette.

894. Gilet-veste Louis XV en satin blanc brodé soie noire.

895. Gilet-veste Louis XV en brocatelle verte brochée fleurs de couleurs et or.

896. Gilet Louis XVI en drap d'argent fin brodé soie à fleurs de couleurs et pailleté or.

897. Gilet Louis XVI en soie blanche brodée soie jaune et or.

898. Gilet Louis XVI en drap d'argent fin brodé et pailleté argent.

899. Gilet Louis XVI en soie blanche brodée soie bleue.

900. Gilet Louis XV en brocatelle verte à fleurettes roses brodée argent.

901. Gilet Louis XVI en drap d'argent brodé et pailleté argent.

902. Un autre.

903. Gilet satin blanc brodé en soie jaune et or.

904. Gilet soie blanche brodée soie, fleurs couleurs et pailleté or.

905. Gilet Louis XV en satin blanc brodé soie à fleurs couleurs et cabochons.

906. Gilet Louis XV en damas de soie blanc.

907. Gilet Louis XVI en soie blanche brodée argent.

908. Gilet Louis XVI en soie blanche brodée soie.

909. Gilet Louis XVI en satin groseille brodé soie de couleurs.

910. Gilet Louis XVI en satin blanc brodé noir.

911. Gilet Louis XVI en satin blanc brodé soie.

912. Gilet Révolution en drap noir brodé soie de couleurs avec figurine brodée « le Génie de la Liberté ».

913. Gilet Révolution en drap jaune brodé soie de couleurs avec figurine brodée : « La France élevant un bonnet phrygien à la pointe de son épée ».

914. Gilet Révolution en drap noir brodé soie fleurs couleurs. (Sujet représentant l'arbre de la Liberté entouré de drapeaux et surmonté du bonnet phrygien aux initiales O. D. Dans le centre médaillon avec l'inscription : Vivre libre ou la mor *(sic)*.

915. Un autre en soie noire rayée et brochée.

916. Un autre en soie blanche brodée.

917. Un autre en soie blanche rayée en long et en travers en soie et couleurs.

918. Un autre à rayures de couleurs pailleté argent.

919. Un autre en soie noire brochée soie de couleurs avec personnages armés combattant.

920. Un autre en toile blanche brodée laine de couleurs.

921. Un autre en velours noisette à fleurs.

922. Un autre en drap blanc crème brodé soie de couleurs.

923. Un autre en velours bronze à fleurs noires, rayures bleues.

924. Un autre en soie blanche brodée couleurs.

925. Un autre.

926. Un autre en velours rayé violet fond feu.

927. Un autre en soie blanche brochée soie de couleurs avec personnages jouant à la main chaude.

928. Un autre en velours vert d'eau à médaillon mastic.

929. Un autre en soie blanche brodée fleurs couleurs.

930. Un autre.

931. Un autre.

932. Un autre.

933. Un autre.

934. Un autre en toile blanche brodée soie couleurs.

935. Un autre en velours blanc à fleurs bleues.

936. Un autre en soie blanche rayée brodée soie à fleurs de couleurs.

937. Un autre en soie bleue à carreaux orné frange de soie.

938. Huit gilets Révolution en soie et toile, brodés et autres.

Seront divisés.

939. Dix-sept gilets 1820-1830 en soie, brodés soie de couleurs.

Seront divisés.

940. Gilet-veste Louis XV, non monté, en satin blanc brodé soie à fleurs de couleurs.

941. Gilet Louis XVI non monté, en soie blanche, brodé vert.

942. Gilet-veste Louis XV, non monté, en satin blanc brodé soie à fleurs de couleurs.

943. Un autre Louis XVI.

944. Un autre Révolution.

945. Un autre.

946. Un autre Louis XVI.

947. Un autre.

948. Un autre Louis XV.

949. Un autre Révolution.

950. Un autre noir brodé soie, fleurs couleurs et personnages.

951. Un autre soie violette brodée couleurs.

952. Un autre Louis XV, blanc brodé or.

953. Un autre Révolution en soie noire brodée soie couleurs.

954. Un autre en satin vert bronze, brodé soie de couleurs.

955. Un autre Louis XVI, soie blanche brodée soie de couleurs.

956. Un autre 1830 en velours gris brodé or.

957. Un autre Révolution en satin bronze brodé soie de couleurs.

958. Un autre 1830 en satin blanc brodé.

959. Un autre Louis XV en soie vert d'eau brodée soie de couleurs.

960. Un autre Louis XVI.

961. Un autre.

962. Trente-six gilets Louis XV, Louis XVI, Révolution, Empire et 1830, en drap, soie, moire et autres, brodés et brochés.

Seront divisés.

963. Pourpoint et culotte Henri III en soie rose plissée.

964. Costume de femme Henri III en soie bleue.

965. Costume de femme Louis XIII en damas de soie vert et satin blanc, corsage à manches pendantes.

966. Costume de femme Louis XIII en soie bleue brochée.

967. Costume de femme Louis XIV en soie violette et jaune thé.

968. Costume de femme Henri III en velours vert.

969. Costume de femme Louis XIV en soie marron et bleue.

970. Costume de femme Henri III en cachemire vert mousse et satin crevette.

971. Costume de femme Louis XIII en velours havane, passementerie et satin rose.

972. Costume de femme Louis XIV en soie brochée à fleurs blanches et roses.

973. Costume de femme Henri III en velours bleu et satin blanc, fleurdelisé or, corsage à manches pendantes, garni or et hermine.

974. Costume de femme Louis XIII en satin blanc crème garni de passementerie bleue.

975. Robe de chambre XVIIIe siècle en toile de Jouy à fleurs et damas rose.

976. Une autre.

977. Une autre rayée jaune et bleu.

978. Une autre en soie brune.

979. Une autre en toile de Jouy.

980. Robe de chambre XVIIIe siècle en soie blanche brochée fleurs jaune, rayures marron.

981. Une autre en toile rouge, fleurs blanches.

982. Une autre en damas de soie cramoisi.

983. Costume de femme Louis XV Watteau, en soie groseille à fleurs rayée blanc garnie de passementerie et pampilles.

984. Costume de femme Louis XV en soie rose brochée à fleurs de couleurs, vert dominant. Jupe pareille.

985. Robe de chambre XVIIIe siècle en soie blanche rayée bleue et à fleurs.

986. Une autre.

987. Une autre en toile jaune fleurs marron.

988. Une autre, damas violet et blanc.

989. Une autre en soie blanche, fleurs imprimées.

990. Une autre en toile verte, fleurs marron.

991. Robe de chambre XVIIIe siècle en soie grise à fleurs jaunes.

992. Une autre en soie violette.

993. Une autre en soie bleue à fleurs jaunes.

994. Costume de femme Louis XVI en soie verte et rose.

995. Robe de chambre XVIIIe siècle en soie rayée rose et blanc à fleurs.

996. Robe de chambre XVIIIe siècle en dauphine jaune à grandes fleurs.

997. Robe de chambre XVIIIe siècle en brocatelle jaune paille brochée fleurs de couleurs et argent.

998. Costume de femme Louis XV Watteau en damas de soie grenat fleurs jaunes. Jupe pareille.

999. Costume de femme Louis XV Watteau en damas de soie marron, fleurs blanches. Tablier pareil.

1000. Costume de femme Louis XV Watteau en brocatelle vieux rose, fleurs de couleurs or et argent.

1001. Costume de femme Louis XV Watteau en soie blanche et rayée bleue à bouquets.

1002. Costume de femme Louis XV en soie cerise à fleurs blanches, quadrillée vert. Jupe pareille.

1003. Costume de femme Louis XVI Watteau en soie blanche rayée à bouquets.

1004. Robe Louis XV Watteau en soie rose à bouquets bleus et argent, parsemée de croissants or.

1005. Robe de femme Louis XV Watteau en toile blanche brodée de bouquets de couleurs. Jupe pareille.

1006. Robe de femme Louis XV Watteau en damas de soie verte à fleurs jaunes.

1007. Robe de chambre XVIIIe siècle en damas bronze à fleurs de couleurs.

1008. Robe de chambre toile de Jouy à fleurs.

1009. Une autre en toile verte à bouquets.

1010. Une autre en soie rayée bronze, bleu et blanc.

1011. Une autre en damas de soie verte à fleurs jaunes.

1012. Coin de feu Louis XVI en soie blanche rayée rose à fleurs.

1013. Robe de chambre damas havane à fleurs blanches.

1014. Robe de chambre XVIe siècle en dauphine paille à grands bouquets de couleurs.

1015. Robe de femme Louis XV Watteau en damas de soie blanc à grands bouquets.

1016. Robe de femme Louis XV en soie blanche brochée.

1017. Costume de femme Louis XIV en soie marron, jaune et violet.

1018. Costume de femme Louis XV en dauphine blanche à grands bouquets. Tablier pareil.

1019. Costume Louis XVI en dauphine rose à fleurs jaunes.

1020. Habit Louis XVI à collet, en soie rayée.

1021. Habit d'Incroyable en velours bleu rayé.

1022. Habit à collet, Consulat, en soie verdâtre.

1023. Habit Louis XVI à collet, en soie rayée blanc et vert mousse.

1024. Habit à collet, Consulat, velours épinglé jaune et grenat.

1025. Habit Louis XVI en soie noire rayée rose et blanc à pois verts.

1026. Habit Consulat en drap chiné rose et bleu.

1027. Habit Louis XVI en jersey noir avec almarges passementerie.

1028. Habit Louis XVI en drap amarante, bouton cuivre doré et acier gravé.

1029. Habit Louis XV en drap tabac.

1030. Un autre en drap brun.

1031. Un autre en toile.

1032. Un autre en drap violet.

1033. Un autre en drap chiné rose et blanc.

1034. Un autre en drap bleu ciel.

1035. Habit Louis XVI en toile mandarine.

1036. Un autre en toile lie de vin.

1037. Un autre en soie maïs, rayures arc-en-ciel.

1038. Un autre en soie noire.

1039. Costume de soubrette en soie rayée rose et blanc, à fleurs.

1040. Costume de femme Louis XVI en damas de soie lie de vin.

1041. Costume de soubrette en soie rayée rose et blanc.

1042. Costume de femme Louis XVI en soie rose à bouquets.

1043. Habit-veste de femme Louis XV en brocatelle jaune à fleurs de couleurs et argent.

1044. Habit-veste de femme Louis XIV en brocatelle blanche à fleurs de couleurs, or et argent fin, orné de dentelle or.

1045. Redingote de femme Louis XV en soie bleue brochée fleurs blanches.

1046. Corsage baleiné Louis XV en damas soie bleue à fleurs de couleurs.

1047. Corsage Henri III à manches pendantes en damas de soie vert à fleurs jaunes, une manche de dessous en soie rose tissée or fin.

1048. Corsage de femme Louis XVI en soie gorge pigeon.

1049. Corsage baleiné Louis XVI en soie blanche à fleurs.

1050. Corsage Henri III en brocatelle blanche à fleurs de couleurs et or.

1051. Corsage d'enfant Louis XV en damas bronze à fleurs.

1052. Corsage Louis XV en damas groseille à fleurs.

1053. Un autre Louis XIV en damas rose à fleurs.

1054. Corsage Louis XVI en soie brochée et rayée à fleurs orné de passementerie.

1055. Un autre en soie blanche brochée à fleurs.

1056. Un autre en soie brochée bleue et blanche à fleurs.

1057. Un autre en damas violet à fleurs.

1058. Corsage Louis XIV en damas blanc à fleurs.

1059. Cinq corsages XVIIIe siècle.

Seront divisés.

1060. Costume de femme Révolution en soie vert d'eau et jaune.

1061. Un autre marron et jaune.

1062. Corsage Louis XVI en soie jaune rayée et à fleurs.

1063. Un autre en soie rose rayée et à fleurs.

1064. Jupe XVIIIe siècle damas cerise, fleurs blanches.

1065. Jupe XVIIIe siècle en soie rose rayée blanc à fleurs de couleurs.

1066. Jupe Louis XVI en soie violette, rayée, bas brodé soie à fleurs.

1067. Tablier damas cerise fleurs jaunes.

1068. Tablier Louis XVI en soie vert d'eau rayée à fleurs.

1069. Deux autres en soie bleue.

Seront divisés.

1070. Jupe Louis XVI en soie à bandes jaune et havane et à fleurs, ornée de passementerie et pampilles.

1071. Jupe Louis XV en soie blanche brochée à fleurs.

1072. Trente-trois jupes et tablier XVIIIe siècle en soie brodés et autres.

Seront divisés.

1073. Costume de femme François Ier en soie blanche.

1074. *Dix-neuf corsets des* XVIIe, XVIIIe *et commencement du* XIXe *siècle.*

1075. Robe Empire toile blanche rayée jaune.

1076. Une autre tulle noir et jais clair de lune.

1077. Une autre crêpe de Chine marron.

1078. Une autre en soie blanche.

1079. Une autre en gaze grenat rayée blanc et or.

1080. Robe Empire en tulle blanc pailleté argent.

1081. Une autre en crêpe corail.

1082. Une autre en gaze marron rayée or.

1083. Une autre en tulle blanc à pois.

1084. Une autre en satin cerise.

1085. Une autre en soie blanche unie.

1086. Une autre.

1087. Une autre en tulle grenadine.

1088. Une autre en gaze blanche ornée cerise.

1089. Une autre tulle blanc rayé rose.

1090. Une autre.

1091. Une autre en gaze rose ornée perles d'acier.

1092. Pardessus Empire en satin blanc.

1093. Tablier Empire en satin vert olive.

1094. Traîne Empire en satin rose brodée et lamée argent et tulle blanc.

1095. Une autre en satin cerise.

1096. Pardessus de femme Empire en velours noir.

1097. Un autre en satin vert imprimé fleurs.

1098. Traîne Empire en tulle grenadine.

1099. Robe Empire en crêpe blanc pailleté argent.

1100. Traîne Empire en satin bleu.

1101. Traîne Empire en moire rose brodée et lamée argent.

1102. Robe Empire en velours grenat.

1103. Traîne Empire en soie rose.

1104. Manteau de cour de femme Empire, en satin vert olive, brodé argent.

1105. Robe Empire, en soie blanche brodée et lamée or.

1106. Robe en satin blanc brodé or.

1107. Robe Empire, en crêpe blanc brodé couleurs.

1108. Jupe Empire, en tulle blanc brodé soie et or fin.

1109. Robe 1830, genre cachemire.

1110. Une autre en soie mandarine.

1111. Une autre en soie jaune rayée.

1112. Une autre en cotonnade jaune à fleurs.

1113. Une autre rose à fleurs.

1114. Une autre étamine rose et blanche rayée.

1115. Une autre bleue rayée blanc.

1116. Une autre en soie violette.

1117. Une autre dessin Perse.

1118. Une autre.

1119. Robe 1830, à rayures jaunes, rouges et à fleurs.

1120. Une autre marron fleurs jaunes.

1121. Une autre rose à rayures jaunes.

1122. Une autre jaune à fleurs.

1123. Une autre jaune à fleurs rouges 1830.

1124. Robe toile rose brodée blanc.

1125. Une autre en popeline grise.

1126. Une autre en soie gorge pigeon.

1127. Une autre en soie verte changeante.

1128. Une autre en soie rayée rose et bleue.

1129. Une autre en indienne.

1130. Une autre rayée vert, jaune et rose.

1131. Une autre fond jaune à fleurs.

1132. Une autre fond blanc.

1133. Veste Louis XIII, soie bleue à fleurs blanches.

1134. Une autre en soie rose brochée à bouquets.

1135. Faux gilet en brocatelle rose à fleurs et or.

1136. Trois vestes de femme Empire, en nankin.

1137. Veste de femme Empire, en drap bleu ciel.

1138. Une autre en drap vert col velours.

1139. Trente-neuf châles et écharpes Empire et 1830. cachemire mérinos, soie et autres.

Seront divisés.

1140. Cinquante-trois habits et redingotes 1816-1830.

Seront divisés.

1141. Quarante-quatre pantalons 1815-1830.

Seront divisés.

1142. Lot important de tabliers et jupes 1800-1830.

Sera divisé.

1143. Fort lot de corsages 1774-1830.

Sera divisé.

1144. Grand manteau de cour, en velours bleu parsemé d'applications de fleurs brodées or, doublé drap d'or bordé hermine.

1145. Jupe en soie, rayée rose, blanc et vert.

1146. Une autre rayée vert.

1147. Une autre en soie gorge pigeon.

1148. Une autre en soie rayée à fleurs.

1149. Robe 1830, en soie jaune à fleurs marron.

1150. Fort lot de culottes et pantalons Louis XV à 1830.
Sera divisé.

COSTUMES ÉTRANGERS

1151. Costume d'Espagnol drap bleu, brodé bleu et groseille, veste gilet et culotte.

1152. Un autre en drap noir soutaché, boutons castillans argent.

1153. Un autre, groseille, blanc et argent, veste, gilet et culotte.

1154. Un autre en drap noir et passementerie, veste, gilet et culotte.

1155. Un autre, noir, groseille et jais, veste, gilet et culotte.

1156. Un autre, velours violet et noir, veste et gilet, castillans argent.

1157. Un autre en drap havane broderie et application de couleurs, veste et culotte.

1158. Costume de toréador soie verte, entièrement couvert de broderies argent et cabochons de couleurs, veste, gilet et culotte.

1159. Veste espagnole noire et passementerie.

1160. Une autre, drap havane, applications velours vert et drap écarlate, soutachée noire.

1161. Une autre, drap havane, velours grenat, passementerie unie et ferrets.

1162. Une autre, drap bleu foncé, garniture bleu et blanc.

1163. Une autre, drap bleu, garniture tricolore.

1164. Une autre.

1165. Une autre, drap havane et groseille.

1166. Costume d'Espagnol bleu foncé, veste et culotte.

1167. Un autre, drap havane brodé couleurs, veste et culotte.

1168. Veste espagnole noire.

1169. Une autre avec castillans.

1170. Costume espagnol noir, soutaché, veste et gilet.

1171. Un autre, veste et gilet.

1172. Veste espagnole en drap havane avec application velours vert et grenat brodé et soutaché blanc et bleu.

1173. Mante espagnole.

1174. Costume espagnol velours noir et argent, garni de castillans, veste et culotte.

1175. Lot de vestes et gilets espagnols.

Sera divisé.

1176. Veste et gilet de femme en velours grenat soutachés or, glands or.

1177. Environ 20 costumes bretons.

Seront divisés.

1178. Veste orientale, brocatelle rouge, garnie or.

1179. Ceinture soie bleue tissée or.

1180. Fichu en mousseline, brodé soie et or.

1181. Tunique soie groseille entièrement couverte de broderies en lamé argent.

1182. Capuchon soie groseille, garni or.

1183. Veste-bombé soie groseille et or.

1184. Tunique en soie bleue et or.

1185. Veste-bombé en brocart or fin soutachée or.

1186. Costume de femme du harem, en soie rose, entièrement couvert de broderies, paillettes et dentelles or. L'écharpe est en tulle rose brodé et pailleté or également. Pantalon, tunique et écharpe (le pantalon mesure 2^{m},70 de ceinture).

1187. Un autre en moire rose, brodé et pailleté or, pantalon et tunique.

1188. Pardessus de femme, en velours de soie cramoisi brodé or, dentelle soie et or.

1189. Ceinture en soie groseille, tissée or.

1190. Bombé bleu pailleté et galonné or.

1191. Pardessus de femme en damas de soie rose et blanc, soutaché et galonné or.

1192. Un autre en soie bleue, soutaché et galonné or.

1193. Cafetan en soie gros grain bleue, tissé or.

1194. Bonnet en broché bleu et or à voile de soie rose, le tout brodé lamé or et argent.

1195. Burnous en soie rayée jaune noir et or.

1196. Neuf écharpes diverses en lainage.

Seront divisées.

1197. Tablier en tulle brodé soie et or.

1198. Fichu en tulle bleu tissé or.

1199. Écharpe en gaze verte à fleurs, galonnée or et argent.

1200. Voile en soie rose galonné or et argent.

1201. Un autre violet brodé or et soie.

1202. Mouchoir brodé.

1203. Chemise d'almée en florence mauve brodée or et argent.

1204. Ceinture d'homme en soie bleue tissée or fin.

1205. Une autre en soie rouge tissée or.

1206. Une autre en soie bleue tissée or.

1207. Une autre.

1208. Une autre en soie groseille et or.

1209. Une autre en soie violette tissée et rayée or.

1210. Écharpe en gaze rayée frange or.

1211. Une autre en velours écossais.

1212. Burnous et algérienne de soie rayée.

1213. Écharpe algérienne de soie rayée couleurs.

1214. Voile rayé.

1215. Écharpe soie rouge et jaune à carreaux.

1216. Écharpe en gaze rose.

1217. Châle en soie blanche tissée or à palmes.

1218. Écharpe en gaze de couleur.

1219. Une autre en soie rayée jaune et grenat.

1220. Écharpe en soie rayée rouge et couleurs.

1221. Une autre mélangée or.

1222. Une autre rayée couleurs.

1223. Une autre.

1224. Une autre.

1225. Une rayée jaune et grenat.

1226. Une autre rayée bleu et blanc.

1227. Une autre rayée rose et jaune.

1228. Une autre rayée couleurs.

1229. Une autre rayée jaune et couleurs.

1230. Écharpe soie rose à fleurs blanches et rouges.

1231. Une autre rayée verte et couleurs.

1232. Une autre rayée couleurs.

1233. Une autre.

1234. Une autre en soie groseille rayée couleurs.

1235. Une autre.

1236. Une autre.

1237. Une autre.

1238. Une autre.

1239. Une autre.

1240. Une autre.

1241. Chemise blanche brodée.

1242. Ceinture, escarcelle et pantoufles.

1243. Bombé, drap écarlate brodé argent et cabochons.

1244. Gilet drap noir brodé soie et or pailleté.

1245. Veste drap vert soutachée or.

1246. Tunique de satin rayé couleurs.

1247. Costume d'homme en drap bleu marine soutaché soie noire et or, double veste, veste et gilet.

1248. Un autre en soie groseille, soutaché, galonné or aux manches, boutons grelot, double veste, veste et gilet.

1249. Veste et pantalon d'homme en drap bleu soutaché noir et or.

1250. Fort lot de pantalons, vestes, gilets, guêtres, burnous, écharpes, articles divers orientaux ou autres.

Sera divisé.

1251. Costume d'homme en brocatelle soie et or entièrement galonné lamé or et argent.

1252. Veste et caban d'albanais en drap blanc soutaché blanc et bleu.

1253. Costume d'almée en soie rose et bleue, brodé et pailleté or, chemise, bombé et pantalon.

1254. Un autre en soie rose et mauve, brodé or, pardessus, bombé et pantalon.

1255. Pardessus en soie rose et or soutaché or.

1256. Voile soie rose et or, galonné or.

1257. Deux Fez rouge, marron, noir et or.

1258. Robe chinoise en tulle bleu brodé or.

1259. Robe chinoise en soie marron brochée couleur.

1260. Robe japonaise en crêpe noir brodée or et soie, à fleurs de couleurs.

1261. Robe chinoise noire brodée or et fleurs soie couleurs, chauve-souris et autres, franges or.

1262. Robe japonaise en satin blanc brodée soie de couleurs.

1263. Costume chinois en soie noire, bleue et maïs brodé soie bleue, caraque, corsage, jupe et pantalon.

1264. Un autre marron et écarlate broderies soie de couleurs, fleurs, personnages, applications, caraque et jupe.

1265. Jupe en soie unie brodée fleurs soie bleue.

1266. Un autre en soie rose et veste brodée soie de couleurs et or.

1267. Drapeau.

1268. Lot très important de vêtements chinois et japonais.

Sera divisé.

1269. Jupe chinoise en velours rouge brodée soie de couleurs à fleurs.

1270. Casaque chinoise en soie violette brodée fleurs soie de couleurs et à personnages.

1271. Robe chinoise en soie verte à bouquets soie de couleurs.

1272. Casaque en soie bleue médaillons brochés soie de couleurs.

1273. Casaque en satin violette à médaillons de velours noir, manches bordées de satin rose bordées fleurs couleurs.

COSTUMES, OBJETS DIVERS

1274. Très fort lot de costumes de moines, dominicains, carmes, enfants de chœur, prêtres, évêques, archevêques et cardinaux.

Sera divisé.

1275. Pourpoint et culotte de porteur du Pape en velours de Gênes cramoisi à fleurs et aux armes pontificales.

1276. Veste et culotte de soldat du Pape.

1277. Veste de soldat du Pape.

1278. Fort lot de robes d'avocats et de juges.

Sera divisé.

1279. Fort lot d'ornements sacerdotaux, chapes, chasubles, dalmatiques, manipules, voiles et autres.

Sera divisé.

1280. Costume d'ambassadeur tout brodé or.

1281. Habit de Pair de France.

1282. *Escarcelle* XVIIe *siècle velours vert, brodée soie, armorié fermeture fer à secret.*

1283. Deux agrafes d'épées XVIIIe siècle.

1284. Fort lot de chapeaux et feutres.

1285. Fort lot de pantalons 1830.

LIVRÉES

1286. Habit livrée XVIIe siècle, fond écarlate.

1287. Un autre XVIIIe-XIXe siècle, fond écarlate, galon armorié.

1288. Habit livrée XVIIIe siècle, fond écarlate, galon velours de Gênes sur toutes les coutures.

1289. Habit livrée XVIIIe siècle, fond bleu, galonné.

1290. Habit livrée XVIIe siècle, fond écarlate, galonné parement bleu.

1291. Habit livrée XVIIIe siècle, fond vert mousse, galonné velours fond paille, blasonné.

1292. Habit et gilet livrée XIXe siècle, fond vert et velours mandarine, galonnés or et argent.

1293. Habit livrée XVIIIe siècle, fond bleu, galon armorié.

1294. Habit et gilet livrée XVIIIe siècle, fond bleu de roi, galonnés argent et velours de Gênes, aux armes de la Maison de France.

1295. Habit livrée XVIIIe siècle, fond chamois galonné.

1296. Un autre.

1297. Un autre XIXe siècle, fond noisette, galon bleu armorié.

1298. Habit livrée XVIIIe siècle, fond vert, galon sur toutes les coutures, armorié sur fond argent.

1299. Habit livrée XVIIe siècle, fond bleu de roi, parements écarlate, galon sur toutes les coutures en velours de Gênes rouge et blanc.

1300. Habit livrée, fond vert, galon or et argent.

1301. Habit livrée XVIIIe siècle, fond vert, galon velours de Gênes jaune et rouge.

1302. Livrée XVIIIe siècle, aux armes de la Ville de Paris.

Habit drap écarlate, culotte et 2 gilets bleus, galon jaune aux armes de la Ville de Paris.

1303. Habit livrée XVIIIe siècle en drap écarlate, galon armorié sur toutes les coutures.

1304. Habit livrée XVIIe siècle, fond bleu, galon velours de Gênes rouge et blanc sur toutes les coutures, parements écarlates.

1305. Un autre, drap vert, galon armorié, XVIIIe siècle.

1306. Six habits livrée, fond blanc et écarlate, galon armorié.

1307. Habit livrée XVIIIe siècle, fond bleu, galon sur toutes les coutures en velours de Gênes blanc et rouge.

1308. Un autre dont le galon est jaune et rouge.

1309. Vingt-sept habits livrée XVIIIe-XIXe siècles.

Seront divisés.

ACCESSOIRES

1310. Lot de lingerie.

Sera divisé.

1311. Lot de plumes.

Sera divisé.

1312. Lot d'escarcelles.

Sera divisé.

1313. Lot de boucles.

Sera divisé.

1314. Lot de gants.

Sera divisé.

1315. Lot de chaussures.

Sera divisé.

ÉTOFFES — SOIERIES

1316. Environ 300 kilogrammes 'amas, brocatelle, velours et soieries des XVIIIe ' XIXe siècles, grands et petits morceaux; anciens sièges, portières, chapes et autres.

Sera divisé.

1317. Chape XVIIIe siècle, en dauphine rose à fleurs.

1318. Chasuble XVIIe siècle en brocatelle argent à fleurs brodée chenille couleurs.

1319. Chasuble XVIIe siècle en soie blanche lissée, fleurs de couleurs et or.

1320. Tapis XVIIIe siècle, jaune à fleurs, ton sur ton lamé or.

1321. Pente XVIIe siècle, tissé vert et jaune.

1322. Chasuble XVIIIe siècle, en soie blanche à fleurs.

1323. Pente XVIIIe siècle en soie rose, fleurs vertes.

1324. Lot important de galon armorié et autres.

Sera divisé.

1325. Tulle brodé, lamé or et soie, de couleurs Empire.

1326. Grande écharpe Empire en crêpe de Chine vert, brodé fleurs ton sur ton.

1327. Une autre blanche.

1328. Une autre.

1329. Une autre groseille.

1330. Une autre verte.

1331. Une autre jaune soufre, fleurs marron.

1332. Une autre jaune indien, fleurs couleurs.

1333. Une autre bleu marine, brodée or.

1334. Deux chasubles XVIIIe siècle, en damas à fleurs.

1335. Lot de morceaux damas à fleurs XVIIe et XVIIIe siècles.

1336. Environ 4^{m},80 de velours grenat.

1337. Veste en velours rouge fond or.

1338. Lot de morceaux XVIIIe siècle tissés or et argent.

1339. Écharpe Empire en crêpe de Chine marron, brodé fleurs bleu et blanc.

1340. Lot d'écharpes et jarretières.

Sera divisé.

BIJOUX — OBJETS DE VITRINE
ARTICLES DE CURIOSITÉ

1341. Parapluie Empire en soie bleue, anneau et garniture ivoire, manche terminé par le buste de Napoléon Ier également en ivoire, fourreau cuir.

1342. Garniture de vingt boutons nacre ajourée, fond or et strass.

1343. Une autre de six boutons opale et strass.

1344. Cinq boutons miniature paysage.

1345. Seize boutons nacre, cerclés cuivre et acier gravé.

1346. Magnifique baudrier XVIIe siècle, en velours vert, brodé fleurs et paon faisant la roue.

1347. Deux voiles XVIIe siècle en dentelle or lamée et pailletée.

1348. Bonnet-bourrelet d'enfant Louis XIV, en soie à fleurs, dentelle or.

1349. Cache-chignon landais brodé et pailleté or.

1350. Un autre argent.

1351. Mitre XVIIIe siècle, en drap d'argent, brodée et pailletée or.

1352. Col guipure XVIIe siècle.

1353. Bonnet de nuit Louis XV, en toile brodée fleurs.

1354. Un autre en soie blanche brodée or.

1355. Bonnet de nuit Louis XIV en soie verte, brodé soie et argent.

1356. Un autre en drap d'argent, brodé et pailleté or.

1357. Un autre en satin bleu, brodé argent.

1358. Bonnet de nuit Louis XV, brodé couleur et or, attributs Watteau.

1359. Paire de sabots en blonde de soie Louis XV.

1360. Col guipure XVIIe siècle.

1361. Un autre en tulle brodé en application.

1362. Un autre en guipure.

1363. Bonnet de nuit XVIIIe siècle, en toile brodée.

1364. Bonnet de femme XVIIIe siècle.

1365. Col et une manchette en guipure XVIIIe siècle.

1366. Béguin d'enfant Louis XV, en satin jaune brodé couleurs et or.

1367. Un autre en satin blanc brodé or.

1368. Sabot en bois doré.

Paraît avoir appartenu au pape Clément VI.
Provient de la collection de l'abbé Grivet.

1369. Sabot en bois, XVIIe siècle, fleurdelisé.

1370. Paire de souliers de femme Louis XV, en soie rose brochée soie à fleurs et argent, avec boucles strass.

1371. Curieuse pipe.

1372. Agrafe d'éventail, strass et argent.

1373. Croix vieil argent ornée de turquoises, grenats et perle fine.

1374. Paire de boucles d'oreilles XVIIIe siècle, strass et argent.

1375. Paire de boucles d'oreilles XVIIe siècle, strass et argent.

1376. Agrafe d'éventail XVIIIe siècle, strass et argent.

1377. Deux boutons XVIIIe siècle, strass et argent.

1378. Cinq autres.

1379. Paire de boucles d'oreilles, marguerite, strass et argent.

1380. Dix boutons acier XVIIIe siècle.

1381. Miniature sur ivoire, « La femme au chat. »

1382. Médaillon renfermant la signature de Napoléon Ier.

1383. Chaîne de montre argent XVIIIe siècle, avec breloques, cachets et autres.

1384. Chaîne de montre XVIIIe siècle avec médaillon, breloque, femme et homme, à l'antique, gravure sur nacre.

1385. Une autre, genre gourmette avec breloques, cachets.

1386. Bouton strass et argent XVIIIe siècle.

1387. Cadre rond, argent et strass.

1388. Montre Louis XIII.

1389. Bouton XVIIIe siècle, strass.

1390. Cadre rond en argent ajouré.

1391. Épingle de cravate or, camée représentant le buste de Napoléon Ier.

1392. Cinq épées-épingles.

1393. Jarretières XVIIIe siècle avec boucles et coulants strass et argent.

1394. Chaîne de montre en argent avec breloques. Révolution.

1395. Glands. Garniture d'un chapeau d'archevêque, soie et or.

1396. Médaillon de cou, camée, turquoises et grenats.

1397. Croix ornée de turquoises et grenats.

1398. Bouton XVIIIe siècle, strass et argent.

1399. Médaillon argent, portrait d'homme et de femme, daté 1787.

1400. Boucles d'oreilles et médaillon de cou XVIIIe siècle, strass et argent, cœur et feuilles de vigne.

1401. Boucles d'oreilles, strass.

1402. Une autre paire.

1403. Boucles d'oreilles XVIIIe siècle, strass et argent.

1404. Une autre.

1405. Cachet ivoire représentant le buste d'Henri IV.

1406. Chien ivoire.

1407. Clef de montre d'Incroyable, or et opale.

1408. Médaillon étain. Arrivée du Roi à Paris, 1789.

1409. Binocle d'Incroyable, argent.

1410. Un autre.

1411. Un autre en cuivre doré gravé et ciselé.

1412. Un autre.

1413. Monocle dito.

1414. Tabatière sabot, sculptée, représentant en son ensemble un animal et sur le couvercle, Louis XVI coiffé du bonnet phrygien.

1415. Médaillon porcelaine. Portrait de Marie-Antoinette.

1416. Agrafe de manteau XVIIIe siècle, argent.

1417. Une autre.

1418. Boucles de souliers XVIIIe siècle, argent.

1419. Deux autres.

1420. Deux autres.

1421. Une autre.

1422. Deux boucles de jarretières, argent.

1423. Deux autres.

1424. Une autre.

1425. Canne japonaise, mosaïque nacre.

1426. Sac en cuir repoussé XVIIe siècle.

1427. Crécelle, XVIIe siècle.

1428. Cartouchière orientale.

1429. Escarcelle cuir, XVIe siècle.

1430. Canne de pèlerin, XVIIe siècle.

1431. Canne sculptée, grotesque.

1432. Neuf cannes de coureurs et d'Incroyables, un arc et une hampe de drapeau.

1433. Crosse d'évêque.

1434. Parapluie en soie bleue, XVIIIe siècle.

1435. Un autre.

1436. Un autre en soie verte.

1437. Un autre.

1438. Un autre.

1439. Un autre.

1440. Un autre en soie rouge.

1441. Un autre, manche bélier ivoire.

1442. Portrait de Napoléon Ier sur feuille de marronnier.

1443. Un autre en toile.

1444. Un autre en soie bleue.

1445. Un autre.

1446. Un autre en soie marron.

1447. Un autre en soie rouge.

1448. Un autre en soie vieil or.

1449. Deux autres en cotonnade.

1450. Poupée forçat.

1451. Baudrier XVIIe siècle en velours de Gênes uni rouge, avec frange, jolie boucle fer.

1452. Baudrier XVIIe siècle en velours de Gênes vert fond jaune, frange rose.

1453. Un autre en velours de Gênes rouge fond or.

1454. Coiffure chinoise en laque.

1455. Plusieurs statuettes Napoléon Ier et soldats de la Garde.

Seront divisées.

1456. Ceinture cloutée argent.

1457. Lot divers bibelots de vitrine.

Sera divisé.

1458. Lot de boutons anciens.

Sera divisé.

1459. *Lustre cristal et bronze, 20 bougies.*

1460. *Belle chaise à porteurs Louis XIV.*

1461. Sept décorations diverses.

1462. Deux croix de chevalier de la Légion d'honneur.

1463. Une autre sous la Restauration.

1464. Croix d'officier de la Légion d'honneur.

1465. Croix de chevalier sous Napoléon Ier, avec large ruban et aigle argent sur ledit.

A été exposé au Ministère de la Guerre en 1889.

1466. Cinq plaques brodées argent, de l'ordre du Saint-Esprit, grandeurs différentes.

Ont été exposées au Ministère de la Guerre en 1889.
Ne seront pas divisées.

1467. Deux plaques brodées argent, Légion d'honneur sous la Restauration.

Ont été exposées au Ministère de la Guerre en 1889.

1468. Une autre argent.

Également exposée.

1469. Quatre décorations diverses et une brochette en broderies, soie et argent.

1470. Brochette de trois décorations argent.

1471. Huit décorations diverses, Sainte-Hélène, Crimée, Égypte, Italie et autres.

Seront divisées.

1472. Diplôme de chevalier de la Légion d'honneur, signé Napoléon Ier, 1811, avec le grand sceau de l'État.

Dans un étui.

1473. Fond d'assiette encadré : Hussard.

1474. Deux grandes vasques à pied, en marbre gris teinté de rouge.

1475. *Deux rares fûts de colonne, en marbre blanc veiné.*

1476. Objets omis au présent catalogue.

IMPRIMERIE CENTRALE DES CHEMINS DE FER. — IMPRIMERIE CHAIX
RUE BERGÈRE, 20, PARIS. — 26722-12-91

www.ingramcontent.com/pod-product-compliance
Ingram Content Group UK Ltd.
Pitfield, Milton Keynes, MK11 3LW, UK
UKHW020937180726
13838UKWH00002B/994

9 782329 450414